S E
ER

Serie coordonată de
DENISA COMĂNESCU

ERNESTO SABATO

Tunelul

Traducere din spaniolă de
TUDORA ŞANDRU MEHEDINŢI

HUMANITAS
fiction

Redactor: Raluca Popescu
Coperta: Angela Rotaru
Tehnoredactor: Manuela Măxineanu
Corector: Patricia Rădulescu
DTP: Florina Vasiliu, Dan Dulgheru

Tipărit la Fedprint

Descrierea CIP a Bibliotecii Naţionale a României
Sabato, Ernesto
Tunelul / Ernesto Sabato; trad.: Tudora Şandru
Mehedinţi. – Bucureşti: Humanitas, 2012
ISBN 978-973-689-500-5
I. Şandru Mehedinţi, Tudora (trad.)
821.134.2(82)-31=135,1

EDITURA HUMANITAS FICTION
Piaţa Presei Libere 1, 013701 Bucureşti, România
tel. 021 408 83 50, fax 021 408 83 51
www.humanitas.ro

Comenzi online: www.libhumanitas.ro
Comenzi prin e-mail: vanzari@libhumanitas.ro
Comenzi telefonice: 0372 743 382, 0723 684 194

„...În orice caz, exista un singur tunel,
întunecat şi singuratic: al meu.“

I

E de-ajuns să vă spun că sunt Juan Pablo Castel, pictorul care a omorât-o pe María Iribarne; bănuiesc că toți își mai amintesc de proces și că nu-i nevoie de mai multe lămuriri despre mine.

Deși naiba știe ce ține minte lumea, sau de ce. De fapt, am crezut întotdeauna că nu există memorie colectivă, ceea ce poate fi o formă de apărare a speciei umane. Fraza „orice timp care a trecut a fost mai bun" nu înseamnă că înainte s-au petrecut mai puține lucruri rele, ci că – din fericire – oamenii le dau uitării. De bună seamă, o asemenea frază nu are valoare universală; eu, de pildă, îmi amintesc mai ales faptele rele și, astfel, aproape că aș putea spune că „orice timp care a trecut a fost mai rău", dacă prezentul nu mi s-ar părea la fel de îngrozitor ca trecutul; îmi amintesc atâtea calamități, atâtea chipuri cinice și crunte, atâtea fapte mârșave, încât memoria e pentru mine precum lumina înfricoșătoare dintr-un sordid muzeu al rușinii. De câte ori n-am rămas copleșit, ceasuri întregi, într-un colț întunecos al atelierului, după ce am citit vreo știre în ziar la rubrica poliţiei! Însă adevărul e că nu aici apare întotdeauna partea cea mai neruşinată a rasei umane; până la un anume punct, criminalii sunt oameni mai curaţi, mai inofensivi; nu fac această afirmaţie pentru că eu însumi am omorât o fiinţă omenească: e o convingere sinceră şi profundă. Un individ e periculos? Ei bine, îl lichidezi şi gata. Asta numesc eu o *faptă bună*. Gândiţi-vă cât de dăunător este pentru societate ca individul ăsta să-şi filtreze mai departe veninul şi ca, în loc să fie eliminat, să se urmărească împiedicarea lui recurgându-se la anonime, clevetiri şi alte asemenea josnicii. În ce mă priveşte, trebuie să mărturisesc că regret acum că n-am folosit mai bine timpul cât am fost liber, lichidând şase sau şapte tipi pe care-i cunosc.

Faptul că lumea e îngrozitoare este un adevăr ce n-are nevoie de nici o demonstraţie. În orice caz, ar fi de-ajuns o singură dovadă: într-un lagăr de concentrare, un fost pianist s-a plâns că-i e foame, şi atunci l-au silit să mănânce un şobolan, *dar viu*.

Însă nu despre asta vreau să vorbesc acum; voi spune mai târziu, dacă se iveşte ocazia, încă ceva despre povestea cu şobolanul.

II

Cum spuneam, mă numesc Juan Pablo Castel. V-ați putea întreba ce mă îndeamnă să-mi scriu povestea crimei (nu mai știu dacă v-am spus că o să-mi povestesc crima) și, mai cu seamă, să caut un editor. Cunosc destul de bine sufletul omenesc pentru a presupune că vă veți gândi c-o fac din vanitate. Credeți ce poftiți: nu-mi pasă câtuși de puțin; de mult nu-mi mai pasă câtuși de puțin de părerile și dreptatea lumii. Presupuneți așadar că public povestea asta din vanitate. La urma urmelor sunt făcut din carne și oase, păr și unghii, ca oricare altă ființă omenească, și mi s-ar părea foarte nedrept să-mi cereți, tocmai mie, niște calități deosebite. Omul se crede uneori un supraom, până când își dă seama că este și meschin, murdar și perfid. Despre vanitate nu zic nimic; cred că nimeni nu-i lipsit de acest remarcabil motor al Progresului Uman. Îmi stârnesc râsul domnii aceia care-mi vin cu modestia lui Einstein sau a altora de genul acesta; răspunsul: *e ușor să fii modest când ești celebru*, vreau să spun *să pari modest*. Chiar și atunci când îți închipui că nu există absolut deloc, o descoperi pe neaşteptate în forma ei cea mai subtilă: vanitatea modestiei. Cât de adesea ne lovim de indivizi de felul ăsta! Până şi un om, real sau simbolic, precum Christos, a rostit cuvinte sugerate de vanitate sau cel puţin de mândrie. Ce să mai zicem de León Bloy, care se apăra de acuzaţia de trufie argumentând că-şi petrecuse viaţa servind nişte indivizi care nu-i ajungeau nici la degetul mic. Vanitatea se întâlneşte în locurile cele mai surprinzătoare: alături de bunătate, de abnegaţie, de generozitate. Când eram copil şi mă exaspera gândul că mama trebuia să moară într-o zi (cu trecerea anilor ajungi să afli că moartea nu-i doar suportabilă, ci şi reconfortantă), nu-mi închipuiam că ea ar putea avea defecte. Acum, când nu mai există, trebuie să spun că a fost atât de bună cât poate fi o fiinţă omenească. Dar mi-aduc aminte că, în ultimii săi ani, când eram deja bărbat în toată firea, mă durea să descopăr că în faptele ei cele mai bune era o foarte subtilă doză de vanitate sau de orgoliu. Ceva mult mai vădit s-a întâmplat chiar cu mine însumi, când a fost operată de cancer. Ca să ajung la timp, am fost nevoit să călătoresc două zile încheiate fără să dorm. Când am ajuns lângă patul ei, chipul său de o paloare cadaverică a reuşit să-mi zâmbească uşor, cu duioşie, şi a şoptit nişte cuvinte de compătimire (ea mă compătimea pentru oboseala mea!). Iar eu am simţit în străfundul sufletului, nedesluşit, orgoliul de a fi venit atât de repede. Mărturisesc secretul acesta ca să vedeţi că nu mă consider deloc mai bun decât ceilalţi.

Totuşi, nu-mi depăn povestea din vanitate. Aş fi poate dispus să admit că există un dram de orgoliu sau de trufie. Dar la ce bun mania asta de a vrea să găseşti explicaţii la tot ce faci în viaţă? Când am început să scriu eram ferm hotărât să nu dau nici un fel de explicaţii. Simţeam nevoia să povestesc istoria crimei mele, şi doar atât: cui nu-i place să n-o citească. Deşi nu cred, fiindcă tocmai cei care caută veşnic explicaţii sunt cei mai curioşi, şi mă gândesc că nimeni n-ar pierde ocazia să citească istoria unei crime până la capăt.

Aş putea să trec sub tăcere motivele care m-au îndemnat să scriu paginile astea de mărturisiri; cum n-am însă nici un interes să trec drept excentric, voi spune adevărul, care oricum e destul de simplu: mi-am zis că vor fi poate citite de multă lume, acum că sunt celebru; şi, cu toate că nu-mi fac prea multe iluzii despre omenire în general, şi despre cititorii acestor pagini în particular, mă însufleţeşte slaba speranţă că vreo fiinţă ar putea să mă înţeleagă. CHIAR DE-AR FI UNA SINGURĂ.

„De ce – s-ar putea întreba cineva – doar o slabă speranţă, dacă manuscrisul o să fie citit de atâţia?“ E genul de întrebări pe care le socotesc de prisos. Şi totuşi trebuie să le ai în vedere, fiindcă lumea pune mereu întrebări de prisos, întrebări care se dovedesc inutile până şi la analiza cea mai superficială. Pot vorbi până obosesc şi strigând în gura mare în fața unei adunări de o sută de mii de ruşi: nimeni n-o să mă înțeleagă. Vă dați seama ce vreau să spun?

A existat o singură ființă care m-ar fi putut înțelege. *Dar era tocmai ființa pe care am omorât-o.*

III

Toţi ştiu că am omorât-o pe María Iribarne Hunter. Însă nimeni nu ştie cum am cunoscut-o, ce legături au existat între noi şi cum mi-a încolţit în minte ideea de-a o omorî. O să încerc să relatez totul imparţial, pentru că, deşi am suferit mult din vina ei, n-am pretenţia stupidă că sunt perfect.

Am prezentat la Salonul de Primăvară din 1946 un tablou numit *Maternitate*. Era în genul multora de dinainte: cum spun criticii în jargonul lor nesuferit, era puternic, bine structurat. În fine, avea atributele pe care palavragiii aceştia le găseau veşnic în pânzele mele, incluzând „un anume element profund intelectual". Dar sus, în stânga, printr-o ferestruică, se vedea o scenă minusculă şi îndepărtată: o plajă solitară şi o femeie care privea marea. Era o femeie care privea parcă aşteptând ceva, poate vreo chemare stinsă de undeva de departe. Scena sugera, după părerea mea, o singurătate înfrigurată şi absolută.

Nimeni n-a luat aminte la scena asta: treceau cu privirea peste ea, ca peste ceva secundar, pesemne decorativ.

Cu excepţia unei singure persoane, nimeni n-a părut să înţeleagă că scena aceasta însemna ceva esenţial. S-a întâmplat în ziua vernisajului. O fată necunoscută a stat multă vreme în faţa tabloului meu fără a-i da importanţă, în aparenţă, femeii mari din prim-plan, femeia care privea copilul jucându-se. În schimb, s-a uitat ţintă la scena cu fereastra şi, în răstimpul acesta, am avut certitudinea că era izolată de toată lumea: nu i-a văzut şi nici nu i-a auzit pe cei care treceau sau se opreau în dreptul pânzei mele.

Am urmărit-o tot timpul, tulburat. Apoi a dispărut în mulţime, pe când eu şovăiam între o teamă de neînvins şi o chinuitoare dorinţă de a o striga. Teamă de ce anume? Poate ceva asemănător cu frica de a-ţi juca toţi banii pe un singur număr. Însă când s-a făcut nevăzută m-am simţit furios, nefericit, gândindu-mă că s-ar putea să n-o mai văd niciodată, pierdută printre milioanele de locuitori anonimi din Buenos Aires.

În seara aceea m-am întors acasă nervos, nemulţumit, trist.

Până la închiderea salonului m-am dus în fiecare zi acolo, şi mă aşezam destul de aproape pentru a recunoaşte persoanele care se opreau în faţa tabloului meu. Dar n-a mai apărut.

Lunile următoare m-am gândit numai la ea, la posibilitatea de a o revedea. Şi, într-un fel, am pictat numai pentru ea. Ca şi cum mica scenă cu fereastra ar fi început să se mărească şi să-mi invadeze toată pânza şi toată opera.

IV

În sfârşit, într-o după-amiază, am văzut-o pe stradă. Mergea pe trotuarul celălalt, cu aerul hotărât al cuiva care trebuie să ajungă într-un anume loc la o oră precisă.

Am recunoscut-o imediat; aş fi putut s-o recunosc dintr-o mie. Mă copleşea o emoţie de nedescris. Mă gândisem atât de mult la ea, în toate aceste luni, îmi imaginasem atâtea lucruri, încât, văzând-o, n-am ştiut ce să fac.

Adevărul e că de multe ori mă gândisem şi plănuisem minuţios cum să mă port dacă o întâlnesc. Cred că v-am mai spus că sunt foarte timid; de asta mă tot gândisem la o posibilă întâlnire şi la felul în care să profit de ocazie. Dificultatea cea mai mare de care mă loveam întotdeauna în aceste întâlniri imaginare era cum să intru în vorbă cu ea. Cunosc mulţi bărbaţi cărora nu le e deloc greu să se adreseze unei femei necunoscute. Mărturisesc că, într-o vreme, i-am invidiat tare mult, fiindcă, deşi n-am fost nicicând afemeiat, sau tocmai pentru că n-am fost, în două sau trei rânduri am regretat că nu pot să comunic cu o femeie, în acele rare cazuri când pare cu neputinţă să te resemnezi cu gândul că ea va rămâne pentru totdeauna străină de viaţa ta. Din nefericire, am fost condamnat să rămân străin de viaţa oricărei femei.

În aceste întâlniri imaginare analizasem diferite posibilităţi. Îmi cunosc firea şi ştiu că situaţiile neprevăzute şi bruşte mă fac să-mi pierd cumpătul de tot, din pricina zăpăcelii şi timidităţii. Pregătisem aşadar câteva variante ce păreau logice sau măcar posibile. (Nu-i logic ca un prieten bun să-ţi trimită o anonimă jignitoare, dar ştim cu toţii că e posibil.)

Pesemne fata obişnuia să meargă singură la expoziţiile de pictură. Dacă aş întâlni-o la vreuna, m-aş aşeza lângă ea şi n-ar fi prea greu să intru în vorbă comentând unele dintre tablourile expuse.

După ce am examinat amănunţit această posibilitate, am renunţat la ea. *Eu nu merg niciodată la expoziţii de pictură.* Atitudinea asta poate părea foarte stranie la un pictor, dar are de fapt o explicaţie şi sunt convins că, dacă m-aş hotărî s-o dezvălui, toată lumea mi-ar da dreptate. Mă rog, poate exagerez spunând „toată lumea". Da, *cu siguranţă că exagerez.* Experienţa mi-a dovedit că tot ce mie mi se pare clar şi evident nu e aproape niciodată la fel şi pentru restul semenilor mei. Sunt atât de păţit, încât acum şovăi îndelung înainte de a mă apuca să justific sau să explic vreo atitudine de-a mea, şi aproape întotdeauna ajung să mă închid în mine şi să nu deschid gura. Tocmai din cauza asta nu m-am decis până astăzi să-mi povestesc crima. Şi nici nu ştiu acum dacă merită osteneala să explic de-a fir a păr de ce nu merg la expoziţii, dar teamă mi-e că, dacă n-o fac, veţi crede că nu-i decât o manie, când în realitate sunt la mijloc motive foarte profunde.

Într-adevăr, în cazul acesta sunt multe motive. Voi spune înainte de toate că detest grupurile, sectele, confreriile, breslele şi, în genere, adunările astea de fiinţe care se strâng laolaltă din raţiuni profesionale sau care ţin de gusturi şi manii asemănătoare. Colectivităţile astea au o seamă de atribute groteşti: monotonia, jargonul, vanitatea de a se crede superioare celorlalte.

Constat că problema începe să se complice, dar nu văd cum s-o fac mai simplă. De altfel, cine vrea să nu mai citească relatarea asta n-are decât; îl înştiinţez o dată pentru totdeauna că are încuviinţarea mea deplină.

Ce vreau să spun cu „monotonia“? Aţi observat pesemne ce neplăcut e să te întâlneşti cu cineva care la tot pasul face cu ochiul sau strâmbă din gură. Dar vi-i imaginaţi pe toţi indivizii ăştia reuniţi într-un club? De fapt, nu-i nevoie să ajungi chiar atât de departe: e de-ajuns să te uiţi la familiile numeroase, unde se repetă anumite trăsături, anumite gesturi, anumite inflexiuni ale vocii. Mi s-a întâmplat să fiu îndrăgostit de o femeie (anonim, bineînţeles) şi să fug speriat în faţa posibilităţii de a-i cunoaşte surorile. Păţisem înainte ceva îngrozitor: întâlnisem trăsături foarte interesante la o femeie, dar cunoscând o soră de-a ei am rămas deprimat şi stingherit multă vreme: aceleaşi trăsături care la ea mi se păruseră admirabile apăreau accentuate şi deformate la soră, caricaturizate parcă. Şi acest gen de reflectare deformată a celei dintâi în sora ei mi-a stârnit, pe deasupra, şi un sentiment de ruşine, de parcă, în parte, eu aş fi fost vinovat de lumina uşor ridicolă în care sora o punea pe femeia pe care o admirasem atât de mult.

Poate că mi se întâmplă lucruri de-astea fiindcă sunt pictor, căci am remarcat că lumea nu dă importanţă acestor deformaţii de familie. Trebuie să adaug că se petrece cu mine ceva asemănător când întâlnesc pictori imitatori ai unui mare maestru, ca de pildă ghinioniştii aceia nefericiţi care pictează în maniera lui Picasso.

Mai e apoi şi treaba cu jargonul, o altă caracteristică pe care n-o suport. E suficient să examinăm oricare dintre aceste exemple: psihanaliza, comunismul, fascismul, jurnalismul. N-am nici o preferinţă; toate îmi repugnă. Iau exemplul care-mi trece prin cap în clipa asta: psihanaliza. Doctorul Prato are mult talent şi-l socoteam un adevărat prieten, într-atât încât am suferit o dezamăgire teribilă atunci când toţi au început să mă urmărească şi el s-a alăturat acestei gloate. Într-o zi, n-am sosit bine la cabinetul lui, că Prato mi-a şi spus că trebuie să plece şi m-a poftit să vin cu el:

— Unde? l-am întrebat.

— La un cocteil al Societăţii, mi-a răspuns.

— Care Societate? am întrebat, cu ironie voalată, pentru că nu pot să sufăr modul acesta de a folosi substantivul cu articolul ăsta hotărât al lor: Societatea, în loc de Societatea de Psihanaliză; Partidul, pentru Partidul Comunist; a Şaptea, pentru Simfonia a Şaptea de Beethoven.

S-a uitat la mine mirat, dar i-am susţinut privirea cu naivitate:

— Societatea de Psihanaliză, frate, răspunse, ţintuindu-mă cu ochii aceia pătrunzători pe care discipolii lui Freud îi consideră obligatorii în profesia lor, şi, în plus, ca şi cum s-ar fi întrebat: „Ce nebunie i s-a mai năzărit oare ăstuia?"

Mi-am adus aminte că citisem ceva despre o întâlnire sau un congres prezidat de un doctor Bernard sau Bertrand. Cu convingerea că nu putea fi vorba despre asta, l-am întrebat dacă despre asta era vorba. S-a uitat la mine cu un zâmbet dispreţuitor.

— Sunt nişte şarlatani, comentă. Singura societate de psihanaliză recunoscută pe plan internaţional e a noastră.

Intră din nou la el în birou, căută într-un sertar şi în cele din urmă îmi arătă o scrisoare în engleză. I-am aruncat o privire din politeţe.

— Nu ştiu engleză, i-am explicat.

— E o scrisoare de la Chicago. Ne acreditează ca singura societate de psihanaliză din Argentina.

Mi-am luat o expresie de admiraţie şi profund respect.

Apoi am plecat şi ne-am dus cu maşina până acolo. Venise o mulţime de lume. Pe unii îi cunoşteam după nume, cum ar fi doctorul Goldenberg, despre care se vorbea foarte mult în ultimul timp deoarece, încercând să vindece o femeie, ajunseseră amândoi la balamuc. Ieşise de acolo de curând. M-am uitat la el cu atenţie, dar nu mi s-a părut mai rău decât toţi ceilalţi, ba chiar mi s-a părut mai liniştit, poate ca urmare a internării. Mi-a elogiat tablourile într-un fel care mi-a dat de înţeles că nu le putea suferi.

Totul în jur era atât de elegant, că mi-a fost ruşine cu costumul meu vechi care făcea genunchi. Şi totuşi, nu aceasta era pricina senzaţiei de grotesc care mă încerca, ci ceva ce nu reuşeam să definesc. Totul a culminat când o fată foarte drăguţă mi-a oferit nişte sendvişuri, în vreme ce comenta cu un domn nu ştiu ce problemă de masochism anal. E probabil, aşadar, ca senzaţia aceea să se fi stârnit din diferenţa de potenţial dintre mobilierul modern, impecabil, funcţional, şi doamnele şi domnii aceia spilcuiţi, rostind cuvinte referitoare la zona genito-urinară.

Am vrut să mă refugiez în vreun ungher, dar mi-a fost cu neputinţă. Salonul era înţesat de oameni identici care spuneau întruna acelaşi lucru. Am fugit atunci în stradă. Întâlnind persoane obişnuite (un vânzător de ziare, un copil, un şofer), mi s-a părut pe neaşteptate de necrezut că într-un salon putea încăpea atâta lume.

Însă dintre toate mediile astea îl detest mai ales pe cel al pictorilor. În parte, fireşte, pentru că îl cunosc cel mai bine şi se ştie doar că poţi detesta cu mai mare îndreptăţire ceea ce cunoşti în profunzime. Dar mai am un motiv: CRITICII. Sunt o plagă pe care n-am putut niciodată s-o înţeleg. Dacă aş fi un mare chirurg şi un tip care n-a pus mâna în viaţa lui pe un bisturiu, care nu-i medic şi n-a pus în ghips nici măcar laba unui pisoi ar veni să-mi explice greşelile operaţiei mele, ce aţi zice? Tot aşa se întâmplă cu pictura. Curios e că lumea nu-şi dă seama că-i acelaşi lucru, şi chiar dacă râde de pretenţiile criticului de chirurgie, îi ascultă pe şarlatanii ăştia cu un respect de necrezut. Judecăţile unui critic care a pictat vreodată, chiar dacă numai pânze mediocre, ar putea fi ascultate cu un oarecare respect. Dar şi în cazul ăsta ar fi absurd, pentru că poţi oare considera că-i logic ca un pictor mediocru să dea sfaturi unuia bun?

V

Am divagat. Şi asta din pricina obiceiului meu nenorocit de a dori să-mi justific fiecare faptă. De ce naiba să explic motivul pentru care nu mă duc la expoziţii de pictură? Mi se pare că fiecare dintre noi are dreptul să se ducă sau nu, dacă are chef, fără să fie nevoie să prezinte o lungă pledoarie de justificare. Unde s-ar ajunge, altminteri, cu o astfel de manie? Dar, în fine, gata cu asta, chiar dacă aş mai avea încă multe de spus pe tema asta a expoziţiilor: despre bârfele colegilor, miopia publicului, prostia celor care se ocupă cu pregătirea sălii şi expunerea tablourilor. Din fericire (sau din nenorocire), toate astea nu mă mai interesează; de n-ar fi aşa, poate că aş scrie un lung eseu intitulat *Cum trebuie să se apere pictorul de prietenii picturii.*

Trebuia deci să exclud posibilitatea de a o întâlni într-o expoziţie.

Se putea întâmpla însă ca ea să aibă un prieten care la rândul lui să-mi fie prieten. În cazul acesta, ar fi fost de-ajuns o simplă prezentare. Orbit de lumina nesuferită a timidităţii, m-am aruncat bucuros în braţele acestei posibilități. O simplă prezentare! Cât de ușor devenea totul, cât de plăcut! Orbirea m-a împiedicat să văd imediat absurditatea unei asemenea idei. Nu m-am gândit în momentul acela că a întâlni un prieten de-al ei era la fel de greu ca a o întâlni pe ea însăși, pentru că e clar că ar fi imposibil să dau de un prieten fără să știu cine e ea. Iar dacă aflam cine e ea, la ce bun să mai apelez la un mijlocitor? Rămânea, desigur, micul avantaj al prezentării, pe care nu-l disprețuiam. Însă, evident, problema esențială era s-o găsesc pe ea și *apoi*, oricum, să caut un prieten comun care să ne prezinte.

Mai rămânea și drumul invers: să văd dacă vreunul dintre prietenii mei nu este, din întâmplare, și al ei. Și asta se putea face fără s-o caut dinainte, căci ar fi fost de-ajuns să-l întreb pe fiecare dintre cunoscuții mei despre o fată de statura ei și cu părul așa și pe dincolo. Totul mi s-a părut însă ceva frivol și am renunțat: mi-a fost rușine numai când m-am închipuit că pun asemenea întrebări unor oameni ca Mapelli sau Lartigue.

Trebuie să spun foarte clar că n-am renunțat la varianta asta pentru că era nesăbuită: am făcut-o numai din motivele pe care le-am arătat. Cineva ar putea socoti, într-adevăr, că este o nesăbuință să-mi imaginez posibilitatea îndepărtată ca un cunoscut de-al meu să fie totodată și de-al ei. Poate să pară așa unui spirit superficial, dar nu celui care e obișnuit să reflecteze asupra problemelor omenești. Există în societate *straturi orizontale*, alcătuite din oamenii cu gusturi asemănătoare, şi în straturile astea întâlnirile întâmplătoare (?) nu sunt rare, mai ales atunci când cauza stratificării e vreo caracteristică a minorităţii. Mi s-a întâmplat să întâlnesc o persoană într-un cartier din Berlin, apoi într-un locşor aproape necunoscut din Italia şi, în sfârşit, într-o librărie din Buenos Aires. E oare normal să atribui hazardului aceste întâlniri repetate? Dar spun ceva banal: o ştie orice iubitor de muzică, de esperanto, de spiritism.

Trebuia să rămân aşadar la posibilitatea de care mă temeam cel mai mult: întâlnirea pe stradă. Cum naiba fac unii bărbaţi de abordează o femeie, încep o conversaţie cu ea, ba chiar o aventură? Am exclus fără să stau pe gânduri orice combinaţie ce ar începe cu o iniţiativă din partea mea: ignoranţa în privinţa acestei abordări pe stradă şi înfăţişarea mea m-au determinat să iau hotărârea asta tristă şi definitivă.

Nu-mi rămânea decât să aştept o împrejurare fericită, din acelea care se ivesc de obicei una la un milion: să vorbească ea prima. Astfel încât fericirea mea depindea de o loterie nebuloasă, la care trebuia să câştig o dată ca să am dreptul să joc din nou şi să primesc premiul numai dacă şi a doua oară câştigam. Într-adevăr, trebuia să survină posibilitatea de a mă întâlni cu ea şi apoi aceea, încă şi mai puţin probabilă, ca ea să-mi vorbească. Am simţit un fel de ameţeală, tristeţe şi disperare. Totuşi, am continuat să mă pregătesc.

Îmi imaginam deci că ea îmi vorbea, bunăoară ca să mă întrebe de o adresă sau de un autobuz; şi de la fraza asta de început am construit, preț de mai multe luni de meditație, melancolie, furie, abandon și speranță, un șir nesfârșit de variante. În unele eu eram vorbăreț, mucalit (n-am fost niciodată, în realitate); în altele eram rezervat, alteori mă închipuiam zâmbitor. Câteodată, fapt cu totul singular, răspundeam brusc la întrebarea ei, ba chiar cu mânie reținută; s-a întâmplat (într-una din întâlnirile astea imaginare) ca totul să fie un fiasco din cauza unei enervări absurde din partea mea, fiindcă îi reproșam aproape grosolan că mă întreba ceva ce mie mi se părea inutil sau necugetat. Întâlnirile astea eșuate mă umpleau de amărăciune, și zile în șir îmi reproșam stângăcia cu care pierdusem un prilej atât de rar de a intra în vorbă cu ea; din fericire, până la urmă îmi dădeam seama că toate astea erau închipuiri și că îmi rămânea cel puțin posibilitatea reală. Atunci mă pregăteam mai departe cu și mai mult entuziasm, născocind noi dialoguri pe stradă, mai inspirate. Îndeobște, dificultatea cea mai mare consta în a lega întrebarea ei de ceva atât de general și îndepărtat de preocupările de zi cu zi, ca de pildă esența artei sau, cel puțin, impresia pe care i-o lăsase ferestruica mea. De bună seamă, dacă ai timp și liniște, poți întotdeauna stabili în mod logic, fără să șochezi, genul acesta de legături; la o sindrofie ai timp cu prisosință și, într-un anume fel, ești acolo tocmai pentru a stabili astfel de legături între teme cu desăvârșire străine. Dar în forfota unei străzi din Buenos Aires, printre oameni care fug cot la cot şi ţi-o iau înainte, e limpede că trebuie să renunţi la acest gen de conversaţie. Pe de altă parte însă, nu puteam renunţa la ea fără a mă plasa într-o situaţie fără ieşire pentru destinul meu. Mă apucam atunci să-mi imaginez iar dialoguri, cele mai eficace şi rapide cu putinţă, care pornesc de la întrebarea: „Unde este Poşta Centrală?“ şi ajung până la discuţia despre anumite aspecte ale expresionismului sau suprarealismului. Nu era deloc uşor.

Într-o noapte de insomnie am ajuns la concluzia că e inutil şi forţat să încerc o astfel de conversaţie şi că mai bine atac brusc miezul problemei, cu o întrebare îndrăzneaţă, jucând totul pe o carte. De exemplu: „De ce v-aţi uitat numai la ferestruică?“ E firesc ca în nopţile când nu poţi dormi să fii teoretic mai hotărât ca în timpul zilei în tot ce faci. A doua zi, analizând la rece această posibilitate, am ajuns la convingerea că nu voi avea în veci destul curaj ca să pun întrebarea asta pe neaşteptate. Ca întotdeauna, deprimarea m-a făcut să cad în cealaltă extremă: mi-am închipuit atunci o întrebare atât de ocolită, că pentru a ajunge la ceea ce mă interesa (fereastra) aproape că era nevoie de o prietenie îndelungată: o întrebare de genul: „Vă interesează arta?“

Nu-mi amintesc acum de toate variantele la care m-am gândit. Mi-aduc aminte doar că unele erau atât de complicate încât, practic, nu erau bune de nimic. Ar fi fost un noroc prea din cale-afară ca realitatea să coincidă apoi, aşa cum o cheie complicată, pregătită dinainte fără să cunoşti tipul de broască, s-ar fi potrivit ca prin minune. Însă, examinând atâtea variante întortocheate, mi se întâmpla să uit ordinea întrebărilor şi răspunsurilor sau să le amestec, ca la şah, când joci partide în gând. Mi se întâmpla adesea şi să înlocuiesc cuvinte dintr-o variantă cu vorbe din alta, cu rezultate caraghioase şi descurajatoare. De pildă, s-o opresc pentru a-i indica o adresă şi s-o întreb imediat: „Vă interesează mult arta?" Era ridicol.

Când ajungeam în situaţia asta, mă odihneam câteva zile până să mai încerc iar alte combinaţii.

VI

Când am văzut-o mergând pe trotuarul de vizavi, toate variantele mi s-au îngrămădit în cap, învălmăşindu-se. Am simţit vag că-mi vin în minte fraze întregi construite şi învăţate pe de rost în acea îndelungată gimnastică pregătitoare: „Vă interesează mult arta?", „De ce v-aţi uitat numai la ferestruică?" etc. Mai stăruitor ca oricare alta, îmi revenea o întrebare la care renunţasem, considerând-o neopoliticoasă, şi care în momentul ăsta mă umplea de ruşine, făcându-mă să mă simt şi mai ridicol: „Vă place Castel?"

Frazele, răzleţe şi amestecate, alcătuiau un vălmăşag în mişcare ce-mi dădea bătaie de cap, până când am înţeles că în zadar mă tot frământam atât: mi-am amintit că ea trebuie să aibă iniţiativa oricărei conversaţii. Şi din clipa aceea m-am simţit prosteşte de uşurat, ba chiar cred că am ajuns să-mi spun, la fel de prosteşte: „Şi acum, ia să vedem cum o să se descurce!"

În vremea asta şi în ciuda acestui raţionament, mă simţeam atât de nervos şi emoţionat, că nu reuşeam să fac altceva decât s-o urmăresc cu privirea cum mergea pe celălalt trotuar, fără să mă gândesc că, dacă voiam să-i dau cel puţin incerta posibilitate să mă întrebe de o adresă, trebuie să traversez şi să mă apropii. Nimic mai ridicol, într-adevăr, decât să presupun că mă va întreba de acolo, strigând în gura mare, de o adresă.

Ce puteam să fac? Până când avea să dureze situaţia asta? M-am simţit cum nu se poate mai nefericit. Am trecut de mai multe intersecţii. Ea continua să meargă hotărâtă.

Eram foarte trist, dar trebuia să merg până la sfârşit: nu se putea ca, după ce aşteptasem clipa asta luni de zile, să las să-mi scape ocazia. Şi mersul rapid, în timp ce în minte şovăiam atâta, îmi stârnea o senzaţie unică: gândirea mea părea un vierme orb şi greoi într-un automobil gonind în mare viteză.

Dădu colţul pe San Martín, mai făcu câţiva paşi şi intră în clădirea Companiei T. Am înţeles că trebuia să mă hotărăsc repede şi am intrat după ea, chiar dacă mi-am dat seama în momentul acela că făceam ceva nechibzuit şi îngrozitor.

Aştepta ascensorul. Nu mai era nimeni în jur. Cineva mai cutezător decât mine rosti dinlăuntrul meu întrebarea asta incredibil de stupidă:

— Aceasta e clădirea Companiei T.?

O firmă de câţiva metri ce se întindea pe toată faţada edificiului proclama că, într-adevăr, aceea era clădirea Companiei T.

Totuşi, ea s-a întors cu naturaleţe şi mi-a răspuns afirmativ. (Mai târziu, meditând la întrebarea mea şi la firescul şi calmul cu care ea mi-a răspuns, am ajuns la concluzia că, la urma urmelor, se întâmplă adesea să nu vezi afişe prea mari; şi că, prin urmare, întrebarea nu era chiar atât de iremediabil stupidă cum mi se păruse în primele clipe.)

Însă imediat, uitându-se la mine, se îmbujoră atât de tare, încât am înţeles că mă recunoscuse. O variantă la care nu mă gândisem niciodată, şi totuşi foarte logică, deoarece fotografia mea apăruse de nenumărate ori prin reviste şi ziare.

M-am tulburat într-atât, că n-am reuşit decât să-i mai pun o întrebare nefericită. I-am spus brusc:

— De ce v-aţi înroşit?

S-a înroşit şi mai tare şi a dat să-mi răspundă ceva când, pierzându-mi cu desăvârşire controlul, am adăugat în mare grabă:

— V-aţi înroşit fiindcă m-aţi recunoscut. Şi credeţi că e o întâmplare, dar nu-i o întâmplare, nu există niciodată întâmplări. M-am gândit la dumneavoastră luni în şir. Azi v-am văzut pe stradă şi v-am urmărit. Vreau să vă întreb ceva important, ceva referitor la ferestruică, înţelegeţi?

Era speriată:

— La ferestruică? bâigui. Care ferestruică?

Am simţit că mi se taie picioarele. Era cu putinţă să nu-şi aducă aminte? Înseamnă că nu-i dăduse nici cea mai mică importanță, o privise din simplă curiozitate. M-am simțit caraghios și mi-a trecut fulgerător prin cap că tot ce gândisem și făcusem în aceste luni (inclusiv scena asta) era culmea exagerării și a ridicolului, una din tipicele mele construcții imaginare, la fel de hazardate ca reconstituirea unui dinozaur pornind de la o vertebră ruptă.

Fata era aproape gata să plângă. Am simțit că lumea se năruie, iar eu nu pot face nimic din ce s-ar fi cuvenit. M-am pomenit spunând niște cuvinte pe care acum mi-e rușine și să le scriu:

— Văd că m-am înșelat. Bună seara.

Am plecat și am mers aproape în fugă într-o direcție aiurea. Să tot fi făcut câteva zeci de metri când am auzit în spate o voce strigându-mă:

— Domnule, domnule!

Era ea, care mă urmărise fără să se încumete să mă oprească. Stătea acolo și nu știa cum să justifice cele întâmplate. Îmi spuse în șoaptă:

— Iertați-mă, domnule... Iertați-mi prostia... Eram atât de speriată...

Lumea fusese, puțin mai înainte, un haos de lucruri și ființe inutile. Am simțit că începea să renască și să se supună unei ordini. Am ascultat-o fără grai.

— Nu mi-am dat seama că mă întrebați de scena din tablou, spuse tremurând.

Fără să știu ce fac, am apucat-o de braț.

— Deci vă amintiți?

Rămase un moment tăcută, cu ochii-n pământ. Apoi spuse încet:

— Mi-o amintesc mereu.

S-a întâmplat apoi ceva ciudat: păru că regretă ce spusese, fiindcă se întoarse pe neaşteptate şi aproape că o luă la fugă. După o clipă de surpriză am fugit după ea, până când am înţeles ridicolul scenei; m-am uitat în toate părţile şi am mers mai departe, cu pas iute, dar normal. Decizia asta a fost determinată de două gânduri: mai întâi, că era ceva grotesc să vezi cum un bărbat cunoscut aleargă pe stradă după o fată; în al doilea rând, că *nu era necesar*. Motivul din urmă era esenţial: puteam s-o văd oricând, când venea sau pleca de la serviciu. De ce să fug ca un nebun? Important, cu adevărat important, era faptul că-şi amintea scena cu fereastra: „Şi-o amintea mereu". Eram mulţumit, mă simţeam în stare de fapte mari şi nu-mi reproşam decât că-mi pierdusem controlul la ascensor şi acum, din nou, alergând ca un nebun după ea, când era clar că pot s-o văd oricând la birou.

VII

„La birou?“ m-am întrebat dintr-odată cu glas tare, aproape strigând, simțind cum mi se taie iar picioarele. Cine-mi spusese că lucra acolo? Oare numai cei care lucrează în vreun birou intră în clădire? La ideea de a o pierde pentru câteva luni, sau poate pentru totdeauna, m-a luat cu amețeală și, fără să-mi mai pese de conveniențe, am fugit ca un disperat. M-am trezit curând la intrarea în Compania T., dar ea nu se vedea pe nicăieri. Oare luase deja ascensorul? M-am gândit să-l întreb pe liftier, dar ce să-l întreb? Se poate să fi urcat multe femei, și atunci ar fi trebuit să dau amănunte. Ce-ar fi crezut liftierul? Am făcut câțiva pași pe trotuar, nehotărât. Apoi am trecut strada și am cercetat fațada clădirii, nu înțeleg de ce. Poate cu vaga speranță de a o vedea pe fată la vreo fereastră? Însă era absurd să cred că ar putea să apară ca să-mi facă semne sau ceva de genul acesta. N-am văzut decât firma uriașă, pe care scria:

COMPANIA T.

Am apreciat din ochi că trebuie să aibă cam douăzeci de metri; calculul acesta mi-a sporit tristețea. Dar acum nu aveam timp să mă las copleșit de acest sentiment: mă voi chinui mai târziu, pe îndelete. Deocamdată n-am văzut altă soluție decât să intru. Am pătruns cu pași energici înăuntru și am așteptat să coboare ascensorul. Dar, pe măsură ce cobora, simțeam că hotărârea mea slăbea și totodată că obișnuita-mi timiditate creștea vertiginos. Așa încât, atunci când ușa ascensorului s-a deschis, eram foarte sigur ce trebuie să fac: *nu voi spune nici un cuvânt*. Și atunci la ce bun să iau ascensorul? Era însă absurd să n-o fac, după ce-l așteptasem împreună cu mai multe persoane. Ce-ar fi crezut ele văzând așa ceva? N-am găsit altă soluție decât să urc, menținându-mi, desigur, hotărârea *de a nu scoate nici un cuvânt*, ceea ce era ușor, și chiar mai firesc decât contrariul: normal e ca nimeni să nu se simtă obligat să vorbească într-un ascensor, doar dacă nu e prieten cu liftierul, și atunci e firesc să-l întrebe despre vreme sau despre copilul bolnav. Cum eu însă n-aveam nici o legătură cu el și nu-l văzusem niciodată până atunci, hotărârea mea de a nu deschide gura nu putea da naștere la nici un fel de complicație. Faptul că erau mai multe persoane îmi ușura situația, căci treceam neobservat.

Am urcat liniștit și lucrurile s-au petrecut întocmai cum prevăzusem, fără nici o dificultate; cineva comentă cu liftierul ceva despre căldura umedă, și comentariul acesta m-a făcut să mă simt şi mai bine, deoarece îmi confirma raţionamentul. M-a încercat o uşoară nervozitate când am spus „la opt“, dar n-ar fi putut fi observată decât de cineva care ştia ce urmăream în momentul acela.

Ajungând la etajul opt, am văzut că mai ieşea cineva odată cu mine, şi asta complica puţin situaţia. Am pornit încet, aşteptând să intre în vreunul dintre birouri. Atunci am respirat uşurat; m-am mai învârtit puţin pe acolo, m-am dus până-n capul culoarului, am privit panorama oraşului pe un geam, m-am întors şi am chemat în sfârşit ascensorul. În scurt timp mă aflam la intrare fără să se fi întâmplat nici una din scenele neplăcute de care mă temusem (întrebări curioase din partea liftierului etc.). N-am apucat să-mi aprind o ţigară, când m-a străfulgerat gândul că liniştea mea e destul de absurdă; sigur că nu se petrecuse nimic neplăcut, dar era sigur şi că *nu se petrecuse absolut nimic*. Cu alte cuvinte, mai pe şleau: fata era pierdută, dacă nu lucra permanent în vreunul dintre birourile acelea. Căci dacă intrase doar cu vreo treabă putea să fi urcat şi coborât deja, fără să se întâlnească cu mine. „Bineînţeles că, mi-am zis, dacă a intrat doar cu vreo treabă, e posibil şi să n-o fi terminat atât de repede.“ Gândul acesta m-a însufleţit iar şi m-am hotărât s-o aştept în faţa intrării.

Am aşteptat preţ de un ceas în zadar. Am analizat diferitele posibilităţi ce se prezentau:

1. Chestiunea pentru care venise cerea timp; în cazul acesta trebuia să aştept mai departe.

2. După cele petrecute, era poate prea tulburată şi s-o fi dus să dea o raită înainte de a se întoarce să rezolve ce avea de făcut; atunci urma de asemenea s-o aştept.

3. Lucra acolo – în acest caz trebuia să aştept până la ora de plecare.

„Aşa că, aşteptând până la ora asta, mi-am zis, mă confrunt cu toate cele trei posibilităţi."

Logica asta mi s-a părut de fier şi m-a liniştit îndeajuns pentru a mă face să aştept liniştit în cafeneaua din colţ, de unde puteam supraveghea ieşirea. Am cerut bere şi m-am uitat la ceas: era trei şi un sfert.

Pe măsură ce timpul trecea, mă agăţam de ultima ipoteză: lucra acolo. La şase m-am ridicat, pentru că mi se părea că e mai bine să aştept la ieşirea din clădire: precis că avea să iasă multă lume deodată şi se putea să n-o văd din cafenea.

La şase şi ceva funcţionarii au început să iasă. La şase şi jumătate plecaseră mai toţi, asta reieşea din faptul că erau tot mai rari. La şapte fără un sfert nu mai ieşea aproape nimeni. Doar din când în când, câte un şef; ea putea să fie un şef („Absurd", mi-am zis), sau secretara unui şef („Asta s-ar putea", mi-am zis cu o umbră de speranţă).

La şapte totul se terminase.

VIII

Întorcându-mă acasă abătut, încercam să gândesc limpede. Mintea mea e ca un furnicar, dar când mă enervez ideile prind să-mi joace vertiginos. În ciuda acestui fapt, sau poate tocmai de aceea, m-am obişnuit să le stăpânesc şi să le ordonez riguros; altminteri aş înnebuni în scurt timp.

Cum am spus, m-am întors acasă cu moralul la pământ, dar asta nu m-a împiedicat să-mi pun în ordine şi să-mi clasific ideile, fiindcă am simţit că trebuie să gândesc limpede dacă nu voiam să pierd pentru totdeauna singura fiinţă care în mod vădit îmi înţelesese pictura.

Sau a intrat în clădire cu vreo treabă, un comision, sau lucra acolo: nu exista altă posibilitate. Desigur, ipoteza cea mai de dorit era cea din urmă. Atunci, despărţindu-se de mine, se simţise pesemne tulburată şi s-o fi hotărât să se ducă acasă. Era nevoie, deci, ca a doua zi s-o aştept în faţa intrării.

Am analizat apoi cealaltă posibilitate: comisionul. Poate că, tulburată de întâlnire, s-o fi întors acasă, lăsându-l pe a doua zi. Şi în cazul acesta trebuia s-o aştept la intrare.

Acestea două erau posibilităţi optimiste. Însă mai exista una, îngrozitoare: treaba fusese dusă la bun sfârşit pe când eu intram în clădire şi cât durase aventura mea urcând şi coborând cu ascensorul. Adică ne încrucişaserăm fără să ne vedem. Răstimpul acesta fusese foarte scurt şi era foarte puţin probabil ca lucrurile să se fi petrecut aşa, dar era posibil. Se prea poate ca acel comision să fi constat în a preda o scrisoare, de pildă. În aceste condiţii am socotit inutil să mă mai întorc a doua zi să aştept.

Existau totuşi cele două posibilităţi optimiste, şi m-am agăţat de ele cu disperare.

Am ajuns acasă copleşit de un vălmăşag de sentimente. Pe de o parte, ori de câte ori mă gândeam la cuvintele ei („Mi-o amintesc mereu"), inima îmi bătea cu atâta putere, că simţeam cum mi se deschide o nedesluşită, dar vastă perspectivă; am intuit că o mare forţă, până în clipa aceea adormită, avea să se dezlănţuie în mine. Pe de altă parte, mi-am imaginat că putea trece multă vreme până s-o reîntâlnesc. Trebuia s-o găsesc. M-am pomenit zicând în gura mare, de mai multe ori: „Trebuie, trebuie!"

IX

A doua zi, devreme, eram deja postat în fața intrării în birourile Companiei T. Toți funcționarii intrară, dar ea nu apăru. Era limpede că nu lucra acolo, deși rămânea slaba speranță că s-a îmbolnăvit și nu s-a dus la serviciu mai multe zile.

Pe deasupra, mai rămânea și posibilitatea unui nou comision, așa că m-am hotărât să aștept toată dimineața la cafeneaua din colț.

Pierdusem orice speranță (să tot fi fost unsprezece și jumătate), când am văzut-o ieșind de la gura metroului. Teribil de agitat, m-am ridicat dintr-un salt și m-am dus în întâmpinarea ei. Când m-a văzut, a încremenit: era clar că nu se așteptase la asemenea apariție. Era ciudat, dar senzația că mintea mea lucrase cu o rigoare de fier îmi dădea o energie neobișnuită: mă simțeam puternic, mă stăpânea o hotărâre virilă și eram gata de orice. Am apucat-o de braț aproape cu brutalitate și, fără să scot un cuvânt, am târât-o pe strada San Martín înspre piață. Părea lipsită de voință; n-a spus o vorbă.

După două străzi, m-a întrebat:

— Unde mă duceţi?

— În Piaţa San Martín. Am multe de vorbit cu dumneata, i-am răspuns, mergând mai departe hotărât, trăgând-o mereu de braţ.

Îngăimă ceva cu privire la birourile Companiei T., dar eu am continuat s-o trag după mine şi n-am auzit nimic.

Am repetat:

— Am multe de vorbit cu dumneata.

Nu se împotrivea: eu mă simţeam ca un torent ce duce o creangă. Am ajuns în piaţă şi am căutat o bancă izolată.

— De ce ai fugit? a fost prima mea întrebare.

Mă privi cu expresia aceea pe care i-o observasem cu o zi în urmă, când mi-a spus „Mi-o amintesc mereu"; era o privire stranie, fixă, pătrunzătoare, părea că vine de undeva din străfundurile fiinţei ei; o privire care îmi amintea ceva, nişte ochi asemănători, dar nu-mi puteam aminti unde îi văzusem.

— Nu ştiu, răspunse în cele din urmă.

Voia să fugă şi acum.

Am strâns-o de braţ.

— Promite-mi că n-ai să mai fugi niciodată. Am nevoie de dumneata, am mare nevoie de dumneata, i-am spus.

M-a privit din nou ca şi cum voia să-mi pătrundă în minte, dar n-a făcut nici un comentariu. Apoi s-a uitat ţintă la un copac în depărtare.

Din profil nu-mi amintea de nimic. Chipul ei era frumos, dar avea ceva dur. Părul îi era lung şi castaniu. Nu părea să aibă mai mult de douăzeci şi şase de ani, însă ceva în ea sugera vârsta, lucru tipic la cineva care a trăit mult; nu fire cărunte ori alt semn pur fizic, ci ceva nedefinit şi cu siguranţă de ordin spiritual; poate privirea, dar până unde se poate spune că privirea unei fiinţe omeneşti este ceva fizic?; poate felul în care-şi strângea gura, căci, deşi gura şi buzele sunt elemente fizice, felul de a le strânge şi unele riduri sunt şi elemente spirituale. N-am putut preciza în momentul acela şi n-aş putea spune nici acum ce anume, în definitiv, sugera vârsta ei. Cred că ar putea fi şi felul ei de a vorbi.

— Am mare nevoie de dumneata, am repetat.

Nu a răspuns; continua să se uite la copac.

— De ce nu vorbeşti? am întrebat-o.

Fără să-şi ia ochii de la copac, mi-a spus:

— Eu sunt un nimeni. Dumneavoastră sunteţi un mare artist. Nu văd de ce puteţi avea nevoie de mine.

I-am strigat cu brutalitate:

— Îţi spun că am nevoie de dumneata! Mă înţelegi?

Tot cu ochii la copac, a murmurat:

— Pentru ce?

N-am răspuns pe moment. I-am lăsat braţul şi m-am adâncit în gânduri. Pentru ce, într-adevăr? Până în momentul acela nu-mi pusesem întrebarea prea clar, ascultând mai de grabă de un fel de instinct. Am început să trasez cu o crenguţă desene geometrice pe pământ.

— Nu ştiu, am şoptit după un răstimp. Încă nu ştiu.

Mă gândeam intens şi, cu crenguţa, complicam tot mai mult desenele.

— Capul îmi este ca un labirint întunecos. Uneori, nişte străfulgerări luminează unele coridoare. Nu reuşesc niciodată să aflu de ce fac anumite lucruri. Nu, nu-i asta...

Mă simţeam destul de prost: nu-mi stătea în fire să mă port aşa. Am făcut un mare efort mintal: oare nu mai judecam? Dimpotrivă, creierul meu raţiona neîncetat, ca o maşină de calculat. De pildă, chiar în povestea asta, nu-mi petrecusem luni de zile judecând, comparând ipoteze şi clasificându-le? Şi, într-un fel, n-o găsisem în cele din urmă pe María graţie capacităţii mele logice? Am simţit că eram aproape de adevăr, foarte aproape, şi mi-a fost teamă să nu-l pierd: am făcut un efort disperat.

Am strigat:

— Nu pentru că n-aş şti să judec! Dimpotrivă, judec întotdeauna. Imaginează-ţi un căpitan care în orice clipă stabileşte matematic poziţia navei şi-şi continuă ruta spre destinaţia sa cu o rigoare implacabilă. Însă *nu ştie pentru ce merge spre destinaţia aceea*, înţelegi?

M-a privit o clipă, descumpănită; apoi s-a uitat iar la copac.

— Simt că dumneata vei fi ceva esenţial pentru ceea ce trebuie să fac, chiar dacă nu-mi dau încă seama din ce motiv.

Am început să desenez iar cu crenguța și am continuat să fac un mare efort mintal. După o vreme am adăugat:

— Deocamdată știu că e ceva legat de scena din fereastră: dumneata ai fost singura persoană care i-a dat importanță.

— Eu nu sunt critic de artă, a murmurat.

M-am înfuriat și am strigat:

— Nu-mi vorbi de cretinii ăia!

Se întoarse spre mine, surprinsă. Atunci am coborât tonul și i-am explicat de ce nu credeam în criticii de artă, în fine, teoria bisturiului și așa mai departe. M-a ascultat, tot fără să mă privească, și când am terminat mi-a spus:

— Dumneavoastră vă plângeți, dar criticii v-au elogiat întotdeauna.

M-am revoltat.

— Cu atât mai rău pentru mine! Nu pricepi? E unul din lucrurile care m-au amărât și m-au făcut să cred că merg pe un drum greșit. Gândește-te, de exemplu, ce s-a întâmplat la expoziția de acum: nici unul din șarlatanii ăștia nu și-a dat seama de importanța acelei scene. O singură ființă i-a dat importanță: dumneata. Și nu ești critic. Nu, de fapt mai e cineva care i-a dat importanță, dar în sens negativ: mi-a reproșat-o, nu-i place, aproape că-i face silă. În schimb, dumneata...

Privind întruna înainte, spuse încet:

— Și nu s-ar putea să am și eu aceeași părere?

— Ce părere?

— Ca persoana aceea.

Am privit-o cu ardoare; însă chipul ei, în profil, cu fălcile încleştate, era de nepătruns. Am răspuns cu convingere:

— Dumneata gândeşti ca mine.

— Şi ce gândiţi dumneavoastră?

— Nu ştiu, nici la întrebarea asta nu pot răspunde. Mai degrabă îţi pot spune că dumneata *simţi* ca mine. Priveai scena aceea cum aş fi putut s-o privesc eu în locul dumitale. Nu ştiu ce gândeşti şi nici nu ştiu ce gândesc eu, dar ştiu că gândeşti ca mine.

— Dar, atunci, nu vă gândiţi tablourile?

— Înainte o făceam, şi încă mult, le construiam cum se construieşte o casă. Însă nu şi scena asta: simţeam că trebuia s-o pictez aşa, fără să ştiu prea bine de ce. Şi nu ştiu nici acum. În realitate, n-are nimic a face cu restul tabloului şi cred chiar că unul dintre proştii ăia mi-a şi atras atenţia. Merg pe bâjbâite şi am nevoie de ajutorul dumitale, fiindcă ştiu că simţi ca mine.

— Nu ştiu exact ce gândiţi dumneavoastră.

Începeam să-mi pierd răbdarea. I-am răspuns sec:

— Nu ţi-am spus că nu ştiu ce gândesc? Dacă aş putea spune în cuvinte desluşite ce simt ar fi ca şi cum aş gândi limpede. Nu-i aşa?

— Da, aşa e.

Am tăcut o clipă şi m-am gândit intens, încercând să văd limpede. Apoi am adăugat:

— S-ar putea spune că toată opera mea de dinainte e mai superficială.

— Care operă de dinainte?

— Cea de dinaintea tabloului cu fereastra.

M-am concentrat iar şi apoi i-am spus:

— Nu, nu-i chiar aşa. Nu că ar fi mai superficială.

Cum era, într-adevăr? Niciodată, până în momentul acela, nu mă mai gândisem la problema asta. Îmi dădeam acum seama în ce măsură pictasem scena cu fereastra ca un somnambul.

— Nu, nu că ar fi mai superficială, am repetat, parcă vorbind pentru mine însumi. Nu ştiu, toate astea au legătură cu umanitatea în general, înţelegi? Cu câteva zile înainte de a o picta, citisem că într-un lagăr de concentrare cineva a cerut de mâncare şi l-au obligat să mănânce un şobolan viu. Cred uneori că nimic n-are sens. Ne naştem în mijlocul durerilor pe o planetă minusculă, care fuge în neant de milioane de ani, creştem, luptăm, ne îmbolnăvim, suferim, îi facem şi pe alţii să sufere, strigăm, murim, mor şi vin alţii pe lume pentru a reîncepe comedia fără rost.

Să fie într-adevăr aşa? Am început să reflectez la ideea asta a lipsei de sens. Să fie oare toată viaţa noastră o seamă de strigăte anonime într-un pustiu de aştri nepăsători?

Ea tăcea mai departe.

— Scena aceea cu plaja mă sperie, am adăugat după un răstimp, deşi ştiu că e ceva mai profund. Nu, vreau mai curând să spun că mă reprezintă mai profund *pe mine.*

Am auzit-o spunând:

— Un mesaj de deznădejde, poate?

Am privit-o tulburat.

— Da, am răspuns, mi se pare un mesaj de deznădejde. Vezi că simți ca mine?

După o vreme, m-a întrebat:

— Şi vi se pare lăudabil un mesaj de deznădejde?

Am privit-o uimit.

— Nu, i-am răspuns, nu mi se pare. Dumneata ce crezi?

Rămase tăcută un timp îndelungat; în sfârşit, îşi întoarse fața şi-şi aținti privirea în ochii mei.

— Cuvântul lăudabil n-are ce căuta aici, spuse, răspunzându-şi parcă ei înseşi. Ceea ce contează e adevărul.

— Şi dumneata crezi că scena aceea e adevărată?

Aproape cu duritate, declară:

— Sigur că e adevărată.

I-am privit cu înfrigurare chipul dur, privirea dură. „De ce atâta asprime", mă întrebam, „de ce?" Poate că mi-a simțit tulburarea, nevoia de comunicare, pentru că preț de o clipă privirea i s-a îmblânzit, şi păru că-mi întinde o punte; am simțit însă că e o punte vremelnică şi fragilă, atârnând peste un abis. Cu o voce de asemenea schimbată, adăugă:

— Nu ştiu însă ce veți câştiga văzându-mă. Le fac rău tuturor celor care se apropie de mine.

X

Ne-am înțeles să ne vedem curând. Mi-a fost rușine să-i spun că voiam s-o văd a doua zi sau că doream s-o văd mai departe chiar acolo și că n-ar trebui să se mai despartă niciodată de mine. Deși memoria mea e surprinzătoare, am dintr-odată lacune inexplicabile. Nu mai știu acum ce i-am spus în momentul acela, dar mi-amintesc că mi-a răspuns că trebuie să plece.

Chiar în seara aceea i-am telefonat. Mi-a răspuns o femeie. Când i-am spus că voiam să vorbesc cu domnișoara María Iribarne a părut să șovăie o clipă, apoi a spus că se duce să vadă dacă e acasă. Aproape imediat am auzit vocea Mariei, dar cu un ton aproape oficial, care m-a făcut să tresar.

— Trebuie să te văd, María, i-am spus. De când ne-am despărțit m-am gândit întruna la dumneata, în fiecare clipă.

M-am oprit tremurând. Ea nu răspundea.

— De ce nu răspunzi? i-am spus din ce în ce mai nervos.

— Așteaptă un moment, mi-a zis.

Am auzit cum pune receptorul alături. După câteva secunde i-am auzit din nou vocea, dar de data asta vocea ei adevărată; acum şi ea părea că tremură.

— Nu puteam vorbi, mi-a explicat.

— De ce?

— Aici intră şi iese multă lume.

— Şi acum poţi vorbi?

— Am închis uşa. Când închid uşa ştiu că nu trebuie să mă deranjeze.

— Trebuie să te văd, María, am repetat răstit. De la prânz n-am făcut altceva decât să mă gândesc la tine.

Ea n-a răspuns.

— De ce nu răspunzi?

— Castel... începu nehotărâtă.

— Nu-mi spune Castel! am strigat revoltat.

— Juan Pablo... spuse atunci cu timiditate.

Am simţit că o fericire infinită începea cu aceste două cuvinte.

Însă María tăcuse iar.

— Ce se întâmplă? am întrebat. De ce nu spui nimic?

— Şi eu, şopti ea.

— Şi eu ce? am întrebat cu înfrigurare.

— Şi eu tot aşa, n-am făcut altceva decât să mă gândesc.

— Dar la ce? am continuat cu întrebările, nestăpânit.

— La toate.

— Cum la toate? La ce?

— La cât de ciudate sunt toate astea... tabloul... întâlnirea de ieri... ce s-a întâmplat azi... ce ştiu eu...

Întotdeauna m-a iritat imprecizia.

— Da, dar eu ţi-am spus că n-am încetat să mă gândesc la *tine*, am răspuns. Tu nu-mi spui că te-ai gândit la mine.

A trecut o clipă. Apoi a răspuns:

— Vă spun că m-am gândit la *toate*.

— N-ai dat amănunte.

— Pentru că totul e atât de ciudat, a fost atât de ciudat... sunt atât de tulburată... Bineînţeles că m-am gândit la dumneavoastră...

Inima-mi zvâcni. Aveam nevoie de amănunte; mă emoţionează amănuntele, nu generalităţile.

— Dar cum, cum? am întrebat cu nelinişte crescândă. Eu m-am gândit la fiecare trăsătură a ta, la profilul tău când priveai copacul, la părul tău şaten, la ochii tăi aspri şi cum se îmblânzesc brusc, la mersul tău...

— Trebuie să închid, mă întrerupse pe neaşteptate. Vine cineva.

— O să te sun mâine devreme, am reuşit să mai spun, deznădăjduit.

— Bine, răspunse grăbită.

XI

Am petrecut o noapte agitată. N-am putut să desenez şi nici să pictez, deşi am încercat de mai multe ori să încep ceva. Am ieşit să mă plimb şi m-am pomenit pe neaşteptate pe strada Corrientes. Mi se întâmpla ceva foarte straniu: priveam pe toată lumea cu simpatie. Cred că am mai spus că mi-am propus să fac relatarea asta într-un mod cu totul imparţial şi voi da acum prima dovadă, mărturisindu-vă unul din defectele mele cele mai mari: întotdeauna am privit lumea cu antipatie şi chiar cu silă, mai ales lumea îngrămădită; n-am suportat niciodată plajele vara. Mi-au fost foarte dragi câţiva bărbaţi, câteva femei, în particular, pentru unii am simţit admiraţie (nu sunt invidios), pentru alţii am avut o adevărată simpatie; copiii mi-au inspirat mereu duioşie şi compasiune (mai ales când, printr-un efort mintal, încercam să uit că până la urmă vor ajunge oameni mari, ca toţi ceilalţi); însă, *în general*, lumea mi se pare veşnic detestabilă. Nu văd de ce să nu spun că, uneori, faptul că observasem o trăsătură pe un chip nu mă lăsa să mănânc toată ziua sau mă împiedica să pictez o săptămână întreagă. E de necrezut cât de mult se pot vedea pe o față, în felul de a merge, într-o privire, lăcomia, invidia, îngâmfarea, grosolănia, pofta neîngrădită, una peste alta, tot ansamblul de atribute care alcătuiesc condiția umană. Mi se pare firesc ca după o astfel de întâlnire să nu mai ai chef să mănânci, să pictezi, şi nici chiar să trăieşti. Totuşi, vreau să arăt că nu mă mândresc cu această caracteristică: ştiu că e o dovadă de trufie şi mai ştiu şi că în sufletul meu s-au cuibărit adesea lăcomia, îngâmfarea, pofta neîngrădită şi grosolănia. V-am spus însă că vreau să povestesc istoria asta cu totală imparțialitate, şi aşa voi face.

În seara aceea, aşadar, disprețul meu pentru omenire părea anihilat, sau cel puțin absent pentru moment. M-am dus la cafeneaua Marzotto. Cred că ştiți că lumea vine aici să asculte tangouri, dar să le asculte întocmai cum acela care crede în Dumnezeu ascultă *Patimile după Matei*.

XII

A doua zi dimineața, pe la zece, am dat din nou telefon. Mi-a răspuns aceeași femeie. Când am întrebat de domnișoara María Iribarne mi-a spus că plecase chiar atunci la țară. Am înghețat.

— La țară? am întrebat.

— Da, domnule. Sunteți domnul Castel?

— Da, sunt Castel.

— V-a lăsat o scrisoare aici. Iertați-mă, dar n-am avut adresa dumneavoastră.

Mă obișnuisem într-atât cu gândul că aveam s-o văd chiar atunci, așteptam lucruri atât de importante de la întâlnirea aceea, încât vestea m-a năucit. Mi-au venit în cap tot felul de întrebări: De ce se hotărâse oare să plece la țară? Evident, luase hotărârea după ce vorbiserăm la telefon, altminteri mi-ar fi spus ceva despre călătoria asta și, mai cu seamă, n-ar fi acceptat s-o sun a doua zi la telefon. Însă, dacă luase această hotărâre după discuția noastră la telefon, nu cumva o făcuse *tocmai ca urmare a acestei discuții*? Și, dacă era aşa, de ce plecase? Voia să fugă încă o dată de mine? Îi era frică de întâlnirea inevitabilă de a doua zi?

Plecarea asta neaşteptată la ţară mi-a stârnit primele îndoieli. Cum se întâmplă întotdeauna, am început să găsesc suspecte detalii anterioare cărora nu le dădusem până atunci importanţă. De ce îşi schimbase vocea la telefon? Cine erau oamenii aceia care „intrau şi ieşeau" şi n-o lăsau să vorbească normal? Pe deasupra, *asta dovedea că ea era în stare să se prefacă.* Şi de ce a ezitat femeia când am întrebat-o de domnişoara Iribarne? Mai ales o frază mi se întipărise în minte, parcă gravată cu acid: „Când închid uşa ştiu că nu trebuie să mă deranjeze". Mi-am zis că împrejurul Mariei erau multe umbre.

Gândurile astea m-au năpădit pentru prima oară pe când mă îndreptam în fugă spre casa ei. Era ciudat că ea nu se interesase de adresa mea; eu însă ştiam unde stă şi îi ştiam şi telefonul. Locuia pe strada Posadas, aproape de colţul cu Seaver.

Când am ajuns la etajul cinci şi am sunat la uşă, eram copleşit de emoţie.

Deschise un servitor care trebuie să fi fost polonez sau ceva de genul ăsta, şi când i-am spus cine sunt m-a poftit într-o cămăruţă plină de cărţi: pereţii erau acoperiţi cu rafturi până-n tavan, dar mai erau teancuri întregi pe două măsuţe şi chiar şi pe un fotoliu. Mi-a atras atenţia faptul că multe volume erau foarte groase.

M-am ridicat să arunc o privire bibliotecii. Pe neaşteptate am avut impresia că cineva din spatele meu mă observa în tăcere. M-am întors şi am văzut un bărbat în capătul celălalt al încăperii: era înalt, slab, cu un cap frumos. Zâmbea uitându-se spre mine, dar parcă *în general*, fără precizie. Cu toate că avea ochii deschişi, mi-am dat seama că era orb. Mi-am explicat atunci mărimea nefirească a cărţilor.

— Dumneavoastră sunteţi Castel, nu? mi-a spus cordial, întinzându-mi mâna.

— Da, domnule Iribarne, am răspuns, dându-i perplex mâna şi întrebându-mă ce legătură de rudenie putea exista între el şi María.

Îmi făcu semn să iau loc şi, zâmbindu-mi cu o uşoară expresie de ironie, adăugă:

— Nu mă numesc Iribarne, şi nu-mi spuneţi domn. Sunt Allende, soţul Mariei.

Obişnuit să aprecieze şi, poate, şi să interpreteze tăcerile, spuse imediat:

— María foloseşte întotdeauna numele ei de fată.

Stăteam încremenit ca o statuie.

— María mi-a vorbit mult de pictura dumneavoastră. Cum am orbit doar de câţiva ani, încă îmi pot imagina destul de bine lucrurile.

Părea că ar fi vrut să se scuze pentru că era orb. Eu nu ştiam ce să zic. Tânjeam să fiu singur, pe stradă, să mă pot gândi la toate astea.

Scoase o scrisoare din buzunar şi mi-o întinse.

— Poftim scrisoarea, spuse cu naturaleţe, ca şi cum n-ar fi fost nimic extraordinar.

Am luat scrisoarea şi am dat s-o pun în buzunar, când orbul adăugă, de parcă ar fi văzut ce fac:

— Citiţi-o acum. Deşi, fiind de la María, probabil că nu e nimic urgent.

Eu tremuram. Am deschis plicul în vreme ce el îşi aprindea o ţigară, după ce-mi oferise şi mie una. Am scos scrisoarea; erau doar câteva cuvinte:

Şi eu mă gândesc la dumneavoastră.

MARÍA

Auzind că îndoiam hârtia, orbul întrebă:

— Nimic urgent, nu?

Am făcut un mare efort şi am răspuns:

— Nu, nimic urgent.

M-am simţit un soi de monstru văzându-l cum zâmbeşte şi mă priveşte cu ochii larg deschişi.

— Aşa-i María, spuse, parcă pentru sine. Mulţi îi confundă impulsurile cu ceva urgent. E drept că María face, foarte repede, lucruri care nu schimbă situaţia. Cum să vă explic?

Se uită dus pe gânduri în jos, căutând parcă o explicaţie mai clară. Spuse, după câteva clipe:

— Asemenea cuiva care s-ar afla într-un deşert şi brusc şi-ar schimba locul foarte repede. Înţelegeţi? Nu contează iuţeala, peisajul e veşnic acelaşi.

Trase din ţigară şi se mai gândi o clipă, ca şi cum eu n-aş fi fost acolo. Apoi adăugă:

— Cu toate că nu ştiu dacă-i chiar aşa. Nu-s prea înclinat spre metafore.

Abia aşteptam să fug din încăperea aceea blestemată. Dar orbul părea că n-are nici o grabă. „Ce comedie oribilă mai e şi asta?" mi-am zis.

— Astăzi, de pildă, continuă Allende, se scoală devreme şi-mi spune că pleacă la moşie.

— La moşie? am întrebat fără voie.

— Da, la moşia noastră. Adică a bunicului meu. Dar acum se ocupă de ea vărul meu Hunter. Cred că-l cunoaşteţi.

Această nouă dezvăluire m-a umplut de nelinişte şi totodată de ciudă: ce putea găsi María la imbecilul acela muieratic şi cinic? Am încercat să mă liniştesc, gândindu-mă că ea nu s-a dus la moşie pentru Hunter, ci pur şi simplu pentru că îi place pesemne singurătatea câmpiei şi pentru că moşia e a familiei. Însă m-am întristat.

— Îl ştiu din auzite, am spus cu amărăciune.

Înainte ca orbul să mai spună ceva, am adăugat pe neaşteptate:

— Trebuie să plec.

— Ei, ce rău îmi pare! zise Allende. Sper să ne mai vedem.

— Da, da, bineînţeles, i-am răspuns.

M-a însoţit până la uşă. I-am dat mâna şi am plecat în fugă. Pe când coboram cu ascensorul îmi repetam cu furie: „Ce comedie oribilă mai e şi asta?"

XIII

Simţeam nevoia să mă destind şi să mă gândesc în linişte. Am mers pe Posadas pe partea dinspre Recoleta.

Capul mi se învârtea bezmetic: puzderie de idei, sentimente de dragoste şi ură, întrebări, ranchiune şi amintiri se amestecau şi se iveau pe rând.

Ce i-o fi venit, bunăoară, să mă facă să vin la ea acasă după o scrisoare şi să-şi pună bărbatul să mi-o dea? Şi cum de nu mă prevenise că era măritată? Ce naiba trebuia să facă la moşie cu neruşinatul de Hunter? De ce nu-mi aşteptase telefonul? Iar orbul acela, ce fel de individ era? Am mai spus că am o părere proastă despre oameni; trebuie să mărturisesc acum că orbii *nu-mi plac deloc*, şi în faţa lor am o senzaţie asemănătoare cu aceea pe care mi-o produc unele animale reci, umede şi tăcute, cum sunt viperele. Dacă mai adaug şi faptul că am citit de faţă cu el o scrisoare de la nevasta lui care spunea *Şi eu mă gândesc la dumneavoastră*, nu-i greu de ghicit câtă scârbă am simţit în momentele acelea.

M-am străduit să-mi pun puţină ordine în haosul gândurilor şi sentimentelor şi să procedez metodic, cum fac de obicei. Trebuia să încep cu începutul, şi începutul (cel puţin cel mai apropiat) era, evident, discuţia de la telefon. În discuţia asta erau mai multe puncte neclare.

În primul rând, dacă în casa aceea era firesc ca ea să aibă relaţii cu bărbaţi, cum dovedea treaba cu scrisoarea dată prin bărbatul ei, de ce folosise un ton neutru şi oficial până când a închis uşa? Şi apoi, ce însemna precizarea aceea: „Când închid uşa ştiu că nu trebuie să mă deranjeze“? Prin urmare era ceva frecvent ca ea să închidă uşa pentru a vorbi la telefon. Şi nu era de crezut că o închide ca să vorbească banalităţi cu prieteni de-ai casei. Trebuia să presupun că o face pentru discuţii asemănătoare cu a noastră. Atunci în viaţa ei mai există alte persoane ca mine. Câte? Şi cine erau?

M-am gândit mai întâi la Hunter, dar l-am exclus imediat: de ce să vorbească la telefon dacă-l putea vedea la moşie când poftea? Şi atunci, cine erau ceilalţi?

M-am întrebat dacă asta punea punct chestiunii telefonului. Nu, nu era aşa: mai rămânea răspunsul ei la întrebarea mea precisă. Am constatat cu tristeţe că, atunci când am întrebat-o dacă se gândise la mine, după multe ezitări a răspuns doar: „Nu v-am spus că m-am gândit la tot?“ A răspunde printr-o întrebare nu înseamnă că te implici prea mult. În sfârşit, dovada că răspunsul acesta n-a fost clar e faptul că ea însăşi, a doua zi (sau chiar în noaptea de dinainte), a considerat necesar să răspundă mai precis printr-o scrisoare.

„Să trecem la scrisoare", mi-am zis. Am scos-o din buzunar şi am mai citit-o o dată.

Scrisul era nervos, sau cel puţin al unei persoane nervoase. Nu-i totuna căci, dacă-i sigur că scrisul era nervos, aceasta oglindea o emoţie actuală fiind, prin urmare, un indiciu în favoarea mea. Oricum ar fi fost, mă mişca profund semnătura: *María*. Simplu de tot: *María*. Simplitatea asta îmi dădea o vagă senzaţie de posesiune, o vagă senzaţie că fata este deja în viaţa mea şi că, într-un fel, îmi aparţine.

Ah! Clipele mele de fericire sunt atât de trecătoare... Impresia aceasta, de exemplu, nu rezista la cea mai mică analiză: oare bărbatul ei nu-i spune tot María? Precis că şi Hunter îi spune tot aşa, cum altfel putea să-i spună? Şi celelalte persoane cu care vorbea cu uşa închisă? Îmi închipui că nimeni nu vorbeşte cu uşa închisă cu o fiinţă căreia îi spune cu respect „domnişoara Iribarne".

„Domnişoara Iribarne"! Acum înţelegeam şovăiala servitoarei când am vorbit prima oară la telefon. Ce grotesc! Gândindu-mă bine, era încă o dovadă că genul acesta de telefon nu-i chiar o noutate: evident, prima oară când cineva a întrebat de „domnişoara Iribarne" femeia, mirată, trebuie să-l fi corectat imediat, spunând *doamna*. Însă, după ce asta s-a tot repetat, până la urmă a ridicat din umeri şi s-a gândit că mai bine nu face îndreptarea. A şovăit, fireşte; dar nu m-a corectat.

Întorcându-mă la scrisoare, am constatat că puteam face tot felul de deducţii. Am început cu cea mai surprinzătoare: modul în care îmi parvenise. Mi-am amintit de argumentul servitoarei: „Iertaţi-mă, nu v-am ştiut adresa". Era adevărat: nici ea nu mi-o ceruse, şi nici mie nu-mi trecuse prin cap să i-o dau. Însă primul lucru pe care l-aş fi făcut în locul ei ar fi fost să mă uit în cartea de telefon. Nu era cu putinţă să-i pun purtarea pe seama unei neglijenţe de neconceput, şi atunci se impunea o concluzie inevitabilă: *María voia ca eu să mă duc acasă la ea şi să dau ochii cu bărbatul ei.* Dar pentru ce? Ajungând aici, situaţia se complica din cale-afară: poate că ei îi făcea plăcere să-şi folosească bărbatul drept mijlocitor; poate că lui îi făcea plăcere; poate amândurora. În afară de aceste posibilităţi patologice, mai rămânea una, firească: María dorise să-mi arate că e măritată, pentru ca eu să văd că nu e cazul să mergem mai departe.

Sunt convins că mulţi dintre cei care citesc acum aceste pagini vor opta pentru ultima ipoteză şi vor considera că numai un om ca mine poate alege una din celelalte. Pe vremea când aveam prieteni, aceştia au râs adesea de mania mea de a alege veşnic căile cele mai întortocheate Mă întreb însă *de ce trebuie să fie realitatea atât de simplă*? Experienţa m-a învăţat că, dimpotrivă, mai niciodată nu e aşa, şi când ceva pare extraordinar de clar, un fapt datorat unei cauze simple, aproape întotdeauna există ascunse mobile foarte complexe. Un exemplu întâlnit zilnic: cei care dau de pomană; în general, se consideră că sunt mai generoşi şi mai buni decât cei care nu dau. O să-mi permit să tratez cu tot dispreţul această teorie simplistă. Oricine ştie că nu se rezolvă problema unui cerşetor (a unui cerşetor adevărat) cu un bănuţ sau cu o bucată de pâine: se rezolvă numai problema psihologică a celui care îşi cumpără astfel, pe mai nimic, liniştea spirituală şi titlul de om mărinimos. Gândiţi-vă cât de meschini sunt oamenii ăştia care nu se îndură să cheltuiască mai mult de un bănuţ pe zi pentru a-şi asigura liniştea spirituală şi ideea reconfortantă şi vanitoasă despre bunătatea lor. De câtă puritate spirituală şi de cât curaj e nevoie pentru a suporta povara mizeriei omeneşti fără această acţiune făţarnică (şi cămătărească)!

Să revenim însă la scrisoare.

Numai un spirit superficial ar putea opta pentru ultima ipoteză, pentru că se năruieşte la cea mai mică analiză. „María dorea să-mi arate că e măritată, pentru ca eu să văd că nu e cazul să mergem mai departe." Foarte bine. Dar atunci de ce să recurgă la un procedeu atât de stingheritor şi de crud? N-ar fi putut să mi-o spună personal, chiar şi la telefon? N-ar fi putut să-mi scrie, dacă n-avea curajul să-mi spună? Mai rămânea încă un argument îngrozitor: de ce nu-mi spunea în scrisoare că e măritată, cum puteam să aflu, şi nu mă ruga să privesc relaţia noastră cu mai mult calm? Nu, nici vorbă. Dimpotrivă, scrisoarea era menită să ne consolideze relaţia, să o încurajeze şi să o îndrepte pe drumul cel mai periculos.

Mai rămâneau, aşadar, ipotezele patologice. Se putea oare ca Mariei să-i facă plăcere să-l folosească pe Allende drept mijlocitor? Sau el era cel care căuta astfel de ocazii? Ori poate că destinul se amuzase unind două fiinţe asemănătoare?

Pe neaşteptate am regretat că ajunsesem atât de departe cu mania mea de a analiza la nesfârşit fapte şi cuvinte. Mi-am amintit privirea Mariei aţintită asupra copacului din piaţă, ascultându-mi părerile; mi-am amintit de timiditatea ei, de prima ei fugă. Şi am simţit cum mă încearcă o duioşie neţărmurită faţă de ea. Mi-a părut o făptură fragilă în mijlocul unei lumi crude, plină de urâţenie şi mizerie. Am simţit ce simţisem de atâtea ori din momentul acela de la expoziţie: că era o fiinţă asemănătoare mie.

Mi-am uitat raţionamentele aride, deducţiile crunte. Am început să-mi imaginez chipul ei, privirea – privirea aceea care-mi amintea de ceva ce nu puteam preciza –, felul ei profund şi melancolic de a judeca. Am simţit că iubirea anonimă pe care o nutrisem în toţi aceşti ani de singurătate se concentrase în făptura Mariei. Cum de mă puteam gândi la lucruri atât de absurde?

M-am străduit deci să uit toate deducţiile mele stupide cu privire la telefon, la scrisoare, la moşie, la Hunter.

Însă n-am putut.

XIV

Zilele următoare au fost agitate. În graba mea, nu întrebasem când se întoarce María de la moşie. În aceeaşi zi am dat iar telefon ca să aflu; servitoarea mi-a spus că nu ştie nimic; atunci i-am cerut adresa de la moşie.

În aceeaşi seară i-am scris o scrisoare disperată, întrebând-o când se întoarce şi rugând-o să mă sune îndată ce ajunge la Buenos Aires sau să-mi scrie. M-am dus la Poşta Centrală şi am expediat-o recomandat, spre a reduce la minimum orice risc.

Cum spuneam, am petrecut nişte zile foarte agitate şi mi-au trecut iar prin cap, de mii de ori, gândurile negre care mă chinuiau după ce fusesem pe strada Posadas. Am avut un vis: vizitam, noaptea, o casă veche, singuratică. O casă oarecum cunoscută, râvnită cu jind din copilărie, aşa că intrând acolo mă lăsam călăuzit de amintiri. Însă uneori mă rătăceam în întuneric sau aveam impresia că duşmani ascunşi mă puteau ataca pe la spate, sau că nişte oameni şuşoteau, bătându-şi joc de mine, de naivitatea mea. Cine erau oamenii ăştia şi ce doreau? Simţeam totuşi că acolo, în casă, renăşteau în sufletul meu vechile iubiri din adolescenţă, cu aceeaşi fiori şi cu senzaţia aceea de dulce nebunie, de teamă şi bucurie. Când m-am trezit, am înţeles că acea casă din vis era María.

XV

În zilele de dinaintea primirii scrisorii de la ea, cugetul meu era ca un explorator pierdut într-un peisaj cețos: ici şi colo reuşeam, cu mare strădanie, să desluşesc vagi siluete de oameni şi lucruri, neclare contururi de primejdii şi abisuri. Sosirea scrisorii a fost răsăritul soarelui.

Dar soarele acesta era un soare negru, un soare nocturn. Nu ştiu dacă se poate spune aşa, însă, deşi nu sunt scriitor şi nu sunt sigur de precizia mea, nu mi-aş lua înapoi cuvântul „nocturn"; era, poate, dintre toate cele câte alcătuiesc limbajul nostru imperfect, cel mai potrivit pentru María.

Iată scrisoarea pe care mi-a trimis-o:

Am petrecut trei zile stranii: plaja, marea, cărările mi-au adus amintiri din alte timpuri. Nu doar imagini: şi glasuri, strigăte şi prelungi tăceri de altădată. E ciudat, dar a trăi înseamnă a dura amintiri viitoare; chiar în clipa asta, aici, în fața mării, stau şi-mi durez amintiri minuțioase, care-mi vor trezi cândva tristețe şi disperare.

Marea e aici, veşnică şi furioasă. Plânsul meu de atunci, zadarnic; zadarnică mi-e şi aşteptarea pe plaja solitară, privind cu înverşunare marea. Ai ghicit oare şi ai pictat amintirea mea, sau ai pictat amintirea multor ființe ca tine şi ca mine?

Acum însă făptura ta se interpune: stai între mare şi mine. Ochii mei îi întâlnesc pe ai tăi. Eşti liniştit şi puțin dezamăgit, mă priveşti cerându-mi parcă ajutor.

MARÍA

Cât de bine o înțelegeam şi ce sentimente minunate se înfiripau în mine odată cu scrisoarea! Până şi faptul că mi-a spus pe neaşteptate *tu* mi-a dat certitudinea că María este a mea. Şi numai a mea: „Stai între mare şi mine"; acolo nu mai exista altcineva, eram numai noi doi, aşa cum am presimțit din clipa în care ea a privit scena din fereastră. Într-adevăr, cum ar fi putut să nu-mi spună *tu*, dacă ne cunoşteam dintotdeauna, de o mie de ani? Şi, când s-a oprit în fața tabloului meu şi a privit scena aceea mică, fără să audă ori să vadă mulțimea care ne înconjura, părea că ne-am fi spus *tu* şi am ştiut pe loc cum era şi cine era, câtă nevoie aveam de ea şi cât îi eram şi eu de necesar.

Şi totuşi te-am omorât! Te-am omorât chiar eu, eu, care-ți vedeam ca printr-un perete de sticlă chipul tăcut şi plin de ardoare! Eu, cel atât de prost, de orb, de egoist, de crud!

Gata cu efuziunile. Am spus că voi povesti totul cât mai simplu, şi aşa voi face.

XVI

O iubeam pe María cu disperare, şi totuşi cuvântul *iubire* nu fusese rostit nicicând între noi. Am aşteptat cu înfrigurare să se întoarcă de la moşie şi să i-l spun.

Dar nu se întorcea. Şi, pe măsură ce zilele treceau, se stârnea în mine un fel de nebunie. I-am scris o a doua scrisoare unde spuneam simplu: „Te iubesc, María, te iubesc, te iubesc!"

După două zile am primit, în sfârşit, un răspuns doar cu aceste cuvinte: „Mi-e teamă să nu-ţi fac mult rău".

I-am răspuns imediat: „Nu-mi pasă ce mi-ai putea face. De n-aş putea să te iubesc, aş muri. Fiecare clipă petrecută fără să te văd e un chin nesfârşit".

Au trecut zile cumplite, şi răspunsul Mariei n-a sosit. I-am scris, deznădăjduit: „Îmi calci în picioare dragostea".

A doua zi i-am auzit la telefon vocea, îndepărtată şi tremurătoare. În afară de cuvântul *María*, rostit de mai multe ori, n-am reuşit să spun nimic, şi nici n-aş fi putut: aveam un nod în gât şi nu puteam vorbi limpede. Mi-a spus:

— Mă întorc mâine la Buenos Aires. Te sun îndată ce ajung.

În seara următoare mi-a telefonat de acasă.

— Vreau să te văd imediat, i-am spus.

— Da, să ne vedem chiar acum, mi-a răspuns.

— Te aştept în Piaţa San Martín, i-am zis.

María păru că şovăie. Apoi a răspuns:

— Mai bine la Recoleta. O să fiu acolo la opt.

Cât am aşteptat clipa aceea! Cum am mai mers aiurea pe străzi ca să-mi treacă timpul mai repede! Câtă iubire simţeam în suflet, ce frumoase mi se păreau lumea, seara de vară, copiii care se jucau pe trotuar! Mă gândesc acum cât de tare te poate orbi dragostea şi ce putere magică de a te transforma are! Frumuseţea lumii! Să mori de râs, zău aşa!

Trecuseră doar câteva minute după opt când am văzut-o venind, căutându-mă în întuneric. Era prea târziu ca să-i văd chipul, dar i-am recunoscut mersul.

Ne-am aşezat. Am strâns-o de braţ şi i-am repetat fără rost numele, de mai multe ori; nu reuşeam să spun altceva, pe când ea tăcea.

— De ce-ai plecat la moşie? am întrebat-o în sfârşit, nestăpânit. De ce m-ai lăsat singur? De ce-ai lăsat scrisoarea la tine acasă? De ce nu mi-ai spus că eşti măritată?

Nu răspundea. Am strâns-o tare de braţ. A gemut.

— Mă doare, Juan Pablo, a spus cu blândeţe.

— De ce nu spui nimic? De ce nu răspunzi?

Nu scotea un cuvânt.

— De ce? De ce?

În sfârşit, mi-a spus:

— De ce trebuie totul să aibă un răspuns? Să nu vorbim de mine; să vorbim de tine, de lucrările tale, de preocupările tale. M-am gândit mereu la pictura ta, la ceea ce mi-ai spus în Piaţa San Martín. Vreau să ştiu ce faci acum, ce gândeşti, dacă ai pictat sau nu.

I-am strâns iar braţul cu furie.

— Nu. Nu de mine vreau să vorbesc: vreau să vorbesc de noi doi, am nevoie să ştiu dacă mă iubeşti. Numai atât: să ştiu dacă mă iubeşti.

N-a răspuns. Disperat de tăcerea ei şi de bezna care nu mă lăsa să-i ghicesc gândurile privind-o în ochi, am aprins un chibrit. Ea îşi întoarse iute faţa, ascunzându-şi-o. Am luat-o de bărbie cu cealaltă mână şi am obligat-o să se uite la mine: plângea în tăcere.

— Ah... atunci nu mă iubeşti! am spus cu amărăciune.

Chibritul se stingea, dar am apucat să văd totuşi cum mă privea cu duioşie. Apoi, în întuneric, am simţit cum mâna ei îmi mângâie părul. Mi-a spus cu gingăşie:

— Sigur că te iubesc... de ce trebuie spuse anumite lucruri?

— Da, i-am răspuns, dar cum mă iubeşti? Sunt multe feluri de a iubi. Poţi iubi un câine, un copil. Vreau să spun *dragoste, adevărata dragoste, înţelegi*?

Am avut o intuiţie ciudată: am mai aprins repede un chibrit. Aşa cum îmi închipuisem, chipul Mariei era zâmbitor. De fapt, nu mai zâmbea, dar zâmbise cu o zecime de secundă înainte. Mi s-a întâmplat uneori să-mi întorc brusc capul pe stradă cu senzația că eram spionat; nu vedeam pe nimeni, şi totuşi simţeam că singurătatea care mă împresoară e recentă, că ceva trecător dispăruse, cu un uşor tremur ce părea că vibrează încă în aer. Era ceva asemănător.

— Ai zâmbit, am spus furios.

— Am zâmbit? s-a mirat ea.

— Da, ai zâmbit: pe mine nu mă poţi păcăli aşa uşor. Mă uit cu mare atenție la amănunte.

— La ce amănunte te-ai uitat? a întrebat.

— Pe faţa ta a rămas ceva. O părere de zâmbet.

— Şi de ce să fi zâmbit? a întrebat ea cu asprime.

— De naivitatea mea, de întrebarea dacă mă iubeşti cu adevărat sau doar ca pe un copil, de unde să ştiu... Dar ai zâmbit. N-am nici o îndoială.

María se ridică pe neaşteptate.

— Ce se întâmplă? am întrebat-o uimit.

— Plec, a răspuns pe un ton sec.

M-am sculat ca împins de un arc.

— Cum adică pleci?

— Plec.

— Cum să pleci? De ce?

N-a răspuns. Aproape că am zgâlţâit-o cu amândouă mâinile.

— De ce pleci?

— Mi-e teamă că nici tu nu mă înţelegi.

Eram ca turbat.

— Cum? Te întreb ceva care pentru mine e o problemă de viaţă sau de moarte şi, în loc să-mi răspunzi, zâmbeşti şi te mai şi superi. Sigur că nu te înţeleg.

— Îţi închipui că am zâmbit, comentă sec.

— Sunt convins.

— Ei bine, te înşeli. Şi mă doare îngrozitor că ai crezut asta.

Nu ştiam ce să cred. În definitiv, nu văzusem zâmbetul, ci doar ceva asemănător, o părere de zâmbet pe un chip serios.

— Nu ştiu, María, iartă-mă, i-am spus abătut. Dar am fost sigur c-ai zâmbit.

Am tăcut; eram nespus de trist. I-am simţit atunci mâna apucându-mă de braţ cu gingăşie. I-am auzit imediat vocea, acum slabă şi îndurerată:

— Cum ai putut crede aşa ceva?

— Nu ştiu, nu ştiu, am răspuns aproape plângând.

M-a făcut să mă aşez iar, şi mi-a mângâiat părul cum făcuse la început.

— Te-am prevenit că-ţi voi face mult rău, mi-a spus după câteva clipe de tăcere. Vezi bine că aveam dreptate.

— A fost vina mea, am răspuns.

— Nu, poate că a fost vina mea, a îngânat dusă pe gânduri, de parc-ar fi vorbit cu sine însăşi.

„Ce ciudat!“ mi-am zis.

— Ce e ciudat? m-a întrebat ea.

Am rămas uimit şi am ajuns să cred (mult timp după aceea) că era capabilă să citească gândurile. Nici astăzi nu sunt sigur dacă n-am spus cuvintele acelea cu glas tare, fără să-mi dau seama.

— Ce e ciudat? m-a întrebat iar, pentru că eu, în uimirea mea, nu răspunsesem.

— Vârsta ta.

— Vârsta mea?

— Da, vârsta ta. Câți ani ai?

A râs.

— Câți crezi că am?

— Tocmai asta-i ciudat, am răspuns. Când te-am văzut prima oară mi-ai părut o tânără cam de douăzeci şi şase de ani.

— Şi acum?

— Nu, nu. La început eram descumpănit, căci ceva care nu-i de ordin fizic mă făcea să cred...

— Ce te făcea să crezi?

— Că ai mai mult. Simt câteodată că lângă tine sunt un copil.

— Câți ani ai?

— Treizeci şi opt.

— Eşti într-adevăr foarte tânăr.

Am rămas perplex. Nu c-aş fi crezut că vârsta mea era înaintată, ci fiindcă la urma urmelor eu trebuia să fiu mult mai mare decât ea; oricum, nu se putea să aibă peste douăzeci şi şase de ani.

— Foarte tânăr, a repetat, poate ghicindu-mi uimirea.

— Şi tu câți ani ai? am stăruit.

— Ce contează asta? a răspuns pe un ton serios.

— Dar de ce m-ai întrebat câți am eu? am spus, aproape iritat.

— Discuția asta e absurdă, a replicat. Totul e o prostie. Mă miră că te preocupă asemenea lucruri.

Eu să mă preocup de asemenea lucruri? Să discutăm noi așa ceva? Într-adevăr, cum se puteau petrece toate astea? Eram atât de descumpănit, că uitasem cauza primei întrebări. Nu, mai bine zis nu *cercetasem* cauza primei întrebări. Doar la mine acasă, după câteva ceasuri, am ajuns să-mi dau seama de tâlcul adânc al acelei discuții aparent atât de banală.

XVII

Timp de mai bine de o lună ne-am văzut aproape în fiecare zi. Nu vreau să evoc amănunțit tot ce s-a întâmplat în acest răstimp, deopotrivă minunat și oribil. Au fost prea multe lucruri triste ca să mai vreau să le reclădesc în amintire.

María a început să vină la atelier. Scena din seara cu chibritul, cu mici variațiuni, se mai repetase de două sau trei ori, și eu trăiam obsedat de ideea că dragostea ei era, în cel mai bun caz, dragoste de mamă sau de soră. Așa încât legătura fizică mi se părea un fel de garanție a adevăratei iubiri.

Mărturisesc acum că ideea asta a fost una dintre multele mele naivități, una dintre acele naivități care precis că o făceau pe María să zâmbească pe la spatele meu. Departe de a mă liniști, dragostea fizică m-a tulburat și mai tare, mi-a stârnit noi și chinuitoare îndoieli, scene dureroase de neînțelegere, experimente crunte cu María. Nu voi uita în veci ceasurile petrecute în atelier. În toată această perioadă, sentimentele mele au oscilat între iubirea cea mai pură și ura cea mai nestăvilită, în fața contradicțiilor și atitudinilor inexplicabile ale Mariei. Dintr-odată mă încerca îndoiala că totul e prefăcătorie. Uneori părea o adolescentă pudică și brusc mi se năzărea că e o femeie oarecare, și atunci prin minte mi se perinda un lung cortegiu de îndoieli: unde? cum? cine? când?

În astfel de ocazii, nu puteam să nu mă gândesc că María juca cea mai subtilă și atroce comedie și că eu eram, în mâinile ei, ca un copilaș nevinovat, amăgit cu povești naive ca să mănânce sau să doarmă. Câteodată mă copleșea o pudoare frenetică, mă îmbrăcam în fugă și ieșeam în stradă, să iau aer și să-mi rumeg îndoielile și temerile. Alteori însă, reacția mea era posesivă și brutală: mă aruncam peste ea, îi prindeam brațele ca într-un cleşte, i le răsuceam și-mi ațintеam privirea în ochii ei, încercând să-i smulg cu forța garanții că mă iubește; cu dragoste *adevărată*.

Dar nimic din toate astea nu e întocmai ceea ce vreau să spun. Trebuie să recunosc că eu însumi nu știu ce vreau să spun cu povestea asta cu „dragostea adevărată" și, curios lucru, deși am folosit de nenumărate ori expresia asta în interogatorii, niciodată până astăzi nu m-am apucat să-i analizez atent sensul. Ce înseamnă oare? O dragoste care include pasiunea fizică? Poate o căutam în disperarea mea de a comunica mai strâns cu María.

Aveam convingerea că, în anumite momente, izbuteam să comunicăm, dar într-un fel atât de subtil, de trecător, de fragil, că după aceea rămâneam și mai deznădăjduit, şi mai singur ca înainte, cu acea vagă nemulţumire care ne încearcă atunci când vrem să retrăim o dragoste din vis. Ştiu că, pe neaşteptate, ajungeam la momente de comunicare. Iar faptul că eram împreună atenua melancolia ce însoţeşte întotdeauna aceste senzaţii, provocată de bună seamă de neputinţa de comunicare a acelor frumuseţi pieritoare. Era de-ajuns să ne privim pentru a şti că gândeam sau, mai bine zis, că simţeam la fel.

Bineînţeles că plăteam amarnic clipele acelea, fiindcă tot ce se întâmpla apoi părea vulgar sau stânjenitor. Orice am fi făcut (să vorbim, să bem cafea) era dureros, căci arăta cât de efemere sunt clipele acelea de comunicare. Şi, ceea ce era mult mai rău, creau o nouă distanţare, fiindcă eu o forţam, în disperarea de a consolida în vreun fel această contopire, să ne împreunăm trupeşte; nu reuşeam decât să mai dovedim încă o dată imposibilitatea de a o prelungi sau consolida printr-un act fizic. Însă ea agrava lucrurile pentru că, poate din dorinţa de a face să-mi dispară această idee fixă, se prefăcea că simte o veritabilă şi aproape incredibilă plăcere; şi atunci urmau scenele când mă îmbrăcam în fugă şi ieşeam în stradă, sau îi strângeam cu brutalitate braţele şi voiam să-i smulg confesiuni despre autenticitatea sentimentelor şi senzaţiilor ei. Totul era atât de cumplit, încât atunci când intuia că ne apropiam de dragostea fizică, ea încerca s-o respingă. La sfârşit, ajunsese la un scepticism absolut şi se străduia să mă facă să înţeleg că nu era doar zadarnic pentru dragostea noastră, ci şi dăunător.

Purtându-se aşa, nu izbutea decât să-mi sporească îndoielile cu privire la natura iubirii ei, fiindcă mă tot întrebam dacă nu cumva jucase o comedie, şi atunci ar putea susţine că legătura fizică e dăunătoare, şi deci s-o evite în viitor, adeverindu-se astfel că o detesta de la început şi, prin urmare, că plăcerea ei era simulată. Fireşte că surveneau alte certuri şi era inutil să încerce să mă convingă; nu reuşea decât să mă înnebunească, stârnindu-mi noi îndoieli, mai subtile, şi astfel reîncepeau alte interogatorii complicate.

Cât despre presupusa ei înşelătorie, cel mai mult mă indigna că mă dăruisem ei cu desăvârşire neajutorat, ca un prunc.

— Dacă o să bănuiesc vreodată că m-ai înşelat, îi spuneam ca turbat, o să te omor ca pe un câine.

Îi răsuceam braţele şi o priveam ţintă în ochi, căutând vreun semn, vreo licărire suspectă, vreo părelnică umbră de ironie. Dar atunci ea mă privea speriată ca un copil, sau tristă, resemnată, şi începea să se îmbrace în tăcere.

Într-o zi, discuţia a fost mai violentă ca de obicei şi am ajuns, strigând, s-o fac târfă. María a rămas mută, încremenită. Apoi, încetişor, în linişte, s-a dus să se îmbrace după paravanul pentru modele; şi, când am dat fuga să-i cer iertare, după ce m-am zbătut între ură şi păreri de rău, i-am văzut chipul scăldat în lacrimi.

N-am ştiut ce să fac: am sărutat-o drăgăstos pe ochi, am rugat-o cu umilinţă să mă ierte, am plâns în faţa ei, m-am acuzat că sunt un monstru crud, nedrept şi răzbunător. Dar asta a durat atât cât ea mai arăta vreun dram de amărăciune, căci abia s-a liniştit şi a început să-mi zâmbească fericită, că m-a şi străfulgerat gândul că nu-i normal să nu fie mai departe tristă; putea să se liniştească, însă era cum nu se poate mai suspect să se înveselească după ce-i strigasem un asemenea cuvânt. Mi s-a părut că orice femeie trebuie să se simtă umilită fiind calificată astfel, până şi prostituatele; dar nici una nu s-ar putea înveseli atât de uşor, *doar dacă nu există o fărâmă de adevăr în cuvântul acela.*

Asemenea scene se petreceau mai zilnic. Uneori, se sfârşeau într-o linişte relativă, şi ne duceam să ne plimbăm prin Plaza Francia ca doi adolescenţi îndrăgostiţi. Însă răstimpurile astea de duioşie deveneau tot mai rare şi mai scurte, ca nişte trecătoare momente cu soare pe un cer tot mai înnorat şi întunecat. Îndoielile şi interogatoriile mele au ajuns să învăluie totul, precum o liană care se încolăceşte şi sufocă încetul cu încetul copacii dintr-un parc, prefăcându-i într-o creangă monstruoasă.

XVIII

Interogatoriile mele, pe zi ce trecea mai dese şi mai întortocheate, se refereau la tăcerile ei, la priviri, la cuvinte nerostite, la vreo călătorie la moşie sau la iubirile ei. Într-un rând, am întrebat-o de ce îşi spune „domnişoara Iribarne“, în loc de „doamna Allende“. Zâmbi şi-mi spuse:

— Ce copil mai eşti! Ce importanţă are asta?

— Pentru mine are multă importanţă, i-am răspuns, cercetându-i ochii.

— E un obicei de familie, mi-a zis, încetând să mai zâmbească.

— Totuşi, am stăruit, prima oară când te-am sunat acasă şi am întrebat de „domnişoara Iribarne“, servitoarea a şovăit o clipă înainte de a-mi răspunde.

— Ţi s-o fi părut.

— Poate. Dar de ce nu m-a corectat?

María zâmbi iar, de data asta cu mai multă convingere.

— Ţi-am spus doar că e un obicei de-al nostru, aşa că şi servitoarea îl ştie. Toţi îmi spun María Iribarne.

— María Iribarne mi se pare firesc, însă mai puțin firesc mi se pare ca servitoarea să nu se mire când ți se spune „domnișoară".

— Ah... nu mi-am dat seama că te-a surprins. Mă rog, nu-i ceva obișnuit și poate că asta explică șovăiala servitoarei.

Rămase pe gânduri, de parcă atunci ar fi descoperit lucrul acesta.

— Și totuși nu m-a corectat, am insistat.

— Cine? întrebă, parcă venindu-și în fire.

— Servitoarea. Nu m-a corectat când am spus „domnișoara".

— Dar bine, Juan Pablo, toate astea n-au absolut nici o importanță și nu știu ce vrei să demonstrezi!

— Vreau să demonstrez că nu era probabil prima oară când ți se spunea domnișoară. Altminteri, servitoarea m-ar fi corectat.

María izbucni în râs.

— Ești absolut fantastic, spuse aproape veselă, mângâindu-mă drăgăstos.

Eram mai departe încruntat.

— Pe deasupra, am continuat, când mi-ai răspuns prima oară, vocea ta era neutră, aproape oficială, până ai închis ușa. Ai vorbit apoi cu o voce caldă. De ce schimbarea asta?

— Dar bine, Juan Pablo, îmi răspunse, devenind serioasă, cum puteam să-ți vorbesc așa de față cu servitoarea?

— Da, e drept, dar ai zis: „Când închid ușa știu că nu trebuie să mă deranjeze". Fraza asta nu se putea referi la mine, fiindcă eu îți telefonam pentru prima oară. Și nici la Hunter, fiindcă îl poți vedea când poftești la moșie. Mi se pare clar că trebuie să fie alte persoane care îți telefonează ori îți telefonau. N-am dreptate?

María mă privi cu tristețe.

— În loc să mă privești așa, ai putea să-mi răspunzi, i-am spus iritat.

— Dar bine, Juan Pablo, tot ce spui e o copilărie. Sigur că îmi telefonează și alte persoane: veri, prieteni de familie, mama, mai știu eu cine...

— Dar mi se pare că pentru discuții de acest gen nu-i nevoie să te ascunzi.

— Și cine îți dă dreptul să spui că mă ascund? răspunse iritată.

— Nu te enerva. Chiar tu mi-ai vorbit odată de un tip, Richard, care nu era nici văr, nici prieten de familie, nici mama ta.

Rămase foarte abătută.

— Bietul Richard! exclamă cu blândețe.

— De ce bietul?

— Știi bine că s-a sinucis, și într-un fel am o oarecare vină. Îmi scria scrisori îngrozitoare, însă niciodată n-am putut face nimic pentru el. Bietul, bietul Richard!

— Mi-ar face plăcere să-mi arăți una dintre scrisorile astea.

— De ce, dacă a murit?

— Nu contează, tot mi-ar face plăcere.

— Le-am ars pe toate.

— Ai fi putut spune de la început că le-ai ars. Mi-ai spus însă: „De ce, dacă a murit?“ Mereu aceeaşi poveste. În plus, de ce le-ai ars, dacă într-adevăr ai făcut-o? Mi-ai mărturisit altă dată că păstrezi toate scrisorile tale de dragoste. Scrisorile de la Richard ăsta trebuie să fi fost foarte compromiţătoare ca să fi făcut aşa ceva. Sau nu-i aşa?

— Nu le-am ars pentru că ar fi fost foarte compromiţătoare, ci pentru că erau triste. Mă deprimau.

— De ce te deprimau?

— Nu ştiu... Richard era un bărbat deprimat. Semăna mult cu tine.

— Ai fost îndrăgostită de el?

— Te rog...

— Ce mă rogi?

— Nu, Juan Pablo. Ai nişte idei...

— Nu văd de ce-ar fi neîntemeiate. Se îndrăgosteşte, îţi scrie nişte scrisori atât de teribile că iei hotărârea să le arzi, se sinucide, şi tu zici că ideile mele sunt neîntemeiate. De ce?

— Fiindcă, în pofida a toate, n-am fost niciodată îndrăgostită de el.

— De ce nu?

— Nu ştiu, pe cuvânt. Poate pentru că nu era genul meu.

— Ai spus că semăna cu mine.

— Pentru Dumnezeu, am vrut să spun că îţi semăna într-un anume sens, dar nu c-ar fi fost *identic* cu tine.

Era un bărbat incapabil să creeze ceva, era un distructiv, un nihilist, avea o inteligență ucigătoare. Ceva cam cum e partea ta negativă.

— Bun. Dar tot nu înțeleg necesitatea de a arde scrisorile.

— Îți mai spun o dată că le-am ars fiindcă mă deprimau.

— Dar le puteai păstra fără să le citești. Asta nu dovedește decât că le-ai tot recitit până le-ai ars. Și, dacă le-ai recitit, aveai un motiv, ceva care trebuie să te fi atras la el.

— N-am spus că nu mă atrăgea.

— Ai zis că nu era genul tău.

— Doamne, Dumnezeule! Nici moartea nu-i genul meu, și totuși mă atrage adesea. Richard mă atrăgea aproape la fel cum mă atrag moartea sau neantul. Cred însă că nu trebuie să te lași stăpânit de asemenea sentimente. Poate că de asta nu l-am iubit. De asta i-am ars scrisorile. Când a murit, am hotărât să distrug tot ceea ce-i prelungea existența.

A tăcut deprimată și n-am mai putut scoate nici o vorbă de la ea despre Richard. Dar trebuie să adaug că nu bărbatul acesta m-a chinuit cel mai tare, căci în definitiv am putut afla destule despre el; ci persoanele necunoscute, umbrele de care n-a pomenit niciodată și pe care eu le simțeam totuși că se mișcă tăcute și pe furiș prin viața ei. Tocmai în legătură cu umbrele astea anonime îmi imaginam cele mai groaznice lucruri despre María. Mă tortura, şi mă mai tortureazǎ şi acum, un cuvânt care i-a scăpat de pe buze într-o clipă de plăcere fizică.

Dar, dintre toate acele interogatorii complicate, a existat unul care a aruncat o lumină îngrozitoare asupra Mariei şi iubirii ei.

XIX

Fireşte că, dat fiind că se măritase cu Allende, eram îndreptăţit să mă gândesc că o fi simţit odată ceva pentru el. Trebuie să spun că problema asta, pe care am putea-o numi „problema Allende“, a fost una dintre cele care m-au obsedat cel mai tare. Voiam să dezleg mai multe enigme, însă mai cu seamă acestea două: îl iubise vreodată?, îl mai iubea încă? Aceste întrebări nu se puteau pune separat; erau legate de altele: dacă nu-l iubea pe Allende, pe cine iubea? Pe mine? Pe Hunter? Pe vreunul dintre misterioasele personaje care îi telefonau? Sau era cu putinţă să iubească diferite fiinţe, pe fiecare în felul său, cum se întâmplă cu unii bărbaţi? Era însă posibil şi *să nu iubească pe nimeni* şi să ne spună pe rând fiecăruia dintre noi – bieţi nefericiţi, copii proşti – , că suntem *unicul* şi că toţi ceilalţi sunt numai umbre, fiinţe cu care păstrează doar o legătură superficială sau aparentă.

Într-o zi, m-am hotărât să lămuresc problema Allende. Am început prin a o întreba de ce se căsătorise cu el.

— Îl iubeam, mi-a răspuns.

— Deci acum nu-l mai iubeşti.

— N-am zis că am încetat să-l mai iubesc.

— Ai spus „îl iubeam“. Nu „îl iubesc“.

— Veşnic te legi de cuvinte şi despici firul în patru ceva de necrezut, protestă María. Când am spus că m-am măritat cu el fiindcă îl iubeam n-am vrut să spun că acum nu-l mai iubesc.

— A, atunci îl iubeşti pe el! am adăugat repede, dorind parcă s-o pun în dificultate cu privire la declarațiile făcute în interogatorii anterioare.

Tăcu. Părea abătută.

— De ce nu răspunzi?

— Pentru că mi se pare că n-are rost. Am mai avut dialogul ăsta de nenumărate ori, aproape identic.

— Nu, nu-i la fel ca-n alte dăți. Te-am întrebat dacă acum îl mai iubeşti pe Allende şi mi-ai răspuns că da. Mi se pare că-mi amintesc că într-alt rând, în port, mi-ai spus că eu sunt primul bărbat pe care l-ai iubit.

Tăcea mai departe. Mă enerva nu numai că se contrazicea, ci şi că trebuia să mă străduiesc din cale-afară ca să-i smulg o declarație oarecare.

— Ce răspuns îmi dai? am întrebat-o iar.

— Sunt multe feluri de a iubi, spuse obosită. Îți închipui că acum nu-l mai pot iubi pe Allende în acelaşi fel ca acum câțiva ani, când ne-am căsătorit

— În ce fel?

— Cum în ce fel? Ştii doar ce vreau să spun.

— Nu ştiu nimic.

— Ți-am spus de multe ori.

— Ai spus, dar n-ai explicat niciodată.

— Explicat! exclamă cu amărăciune. Ai spus de o mie de ori că există multe lucruri care nu admit nici o explicație, și acum îmi zici să explic ceva atât de complicat. Ți-am spus de o mie de ori că Allende mi-e un prieten bun, îl iubesc ca pe un frate, am grijă de el, îi port multă afecțiune și o mare admirație pentru seninătatea lui spirituală: mi se pare superior mie în toate privințele, și lângă el mă simt o ființă meschină și vinovată. Cum poți să-ți închipui atunci că nu-l iubesc?

— Nu eu am spus că nu-l mai iubești. Tu însăți mi-ai zis că acum nu mai e ca atunci când te-ai măritat. Poate trebuie să înțeleg că atunci când te-ai măritat îl iubeai cum spui că acum mă iubești pe mine. Pe de altă parte, acum câteva zile, în port, mi-ai spus că eu sunt prima ființă pe care ai iubit-o cu adevărat.

María mă privi cu tristețe.

— În fine, să lăsăm contradicția asta, am continuat. Să ne întoarcem la Allende. Spui că îl iubești ca pe un frate. Am nevoie să-mi răspunzi acum la o singură întrebare: te culci cu el?

Mă privi și mai întristată. Rămase câteva clipe tăcută, și apoi mă întrebă, cu voce îndurerată:

— Trebuie să răspund și la asta?

— Da, trebuie neapărat, i-am răspuns cu duritate.

— Mi se pare îngrozitor să mă interoghezi în felul ăsta.

— E foarte simplu: trebuie să spui *da* sau *nu*.

— Răspunsul nu-i chiar aşa de simplu: se poate s-o fac sau să n-o fac.

— Foarte bine, am conchis cu răceală. Asta înseamnă că da.

— Foarte bine: da.

— Deci îl doreşti.

Am spus asta privind-o atent în ochi; o făceam cu rea intenţie, aşa era cel mai potrivit pentru a trage o serie de concluzii. Nu că aş fi crezut că îl dorea cu adevărat (deşi era cu putinţă şi asta, având în vedere temperamentul ei), ci voiam s-o forţez să-mi explice treaba cu „dragostea frăţească". Aşa cum mă aşteptam, întârzie cu răspunsul. Precis că îşi alegea cuvintele. În cele din urmă mi-a spus:

— Am spus că mă culc cu el, nu că-l doresc.

— Ah! am exclamat triumfător. Asta înseamnă că o faci fără să-l doreşti, dar *făcându-l să creadă că-l doreşti*!

Se schimbă la faţă. Lacrimile începură să-i curgă pe obraji, în tăcere. Privirea îi era ca de sticlă pisată.

— N-am spus asta, a murmurat.

— Pentru că-i evident, am continuat necruţător, dacă i-ai arăta că nu simţi nimic, că nu-l doreşti, dacă i-ai arăta că legătura fizică e un sacrificiu pe care-l faci pentru dragostea lui, din admiraţie pentru spiritul lui superior etc., Allende nu s-ar mai culca în veci cu tine. Cu alte cuvinte: faptul că o face în continuare dovedeşte că eşti în stare să-l înşeli nu numai în privinţa sentimentelor, ci chiar şi a senzaţiilor tale. Şi că eşti în stare să simulezi la perfecţie plăcerea.

María plângea în tăcere şi se uita în jos.

— Eşti nemaipomenit de crud, a reuşit să spună în sfârşit.

— Să lăsăm consideraţiile de formă: mă interesează fondul. Şi fondul e că ai fost în stare să-ţi înşeli bărbatul ani de zile, nu numai în privinţa sentimentelor, ci şi a senzaţiilor tale. Concluzia ar putea s-o tragă şi un novice: de ce nu m-ai înşela şi pe mine? Vei înţelege acum de ce ţi-am urmărit adesea autenticitatea senzaţiilor. Mi-amintesc mereu cum tatăl Desdemonei l-a prevenit pe Othello că o femeie care-şi înşelase părintele putea înşela şi alt bărbat. Şi nimic nu mi-a putut scoate din cap că l-ai înşelat constant pe Allende ani de zile.

Preţ de o clipă, am simţit dorinţa de a împinge cruzimea la maximum şi am adăugat, deşi îmi dădeam seama de vulgaritatea şi josnicia mea:

— Să înşeli un orb!

XX

Chiar înainte de a rosti aceste cuvinte m-a încercat o uşoară părere de rău: înăuntrul celui care voia să le spună şi să simtă o satisfacţie perversă, o fiinţă mai curată şi mai sensibilă se pregătea să ia iniţiativa îndată ce cruzimea lor şi-ar fi făcut efectul şi, într-un anume fel, îi luase partea Mariei, apărând-o de vorbele stupide şi fără rost (ce puteam obţine, în definitiv, cu ele?). Astfel că, îndată ce au început să-mi iasă din gură, fiinţa lăuntrică le şi asculta cu stupoare, de parcă, în pofida celor întâmplate, n-ar fi crezut într-adevăr că aveau să fie rostite. Şi, pe măsură ce mi se desprindeau de pe buze, punea încet stăpânire pe conştiinţa şi voinţa mea, gata să-şi impună la timp hotărârea de a nu mă lăsa să le spun până la capăt. Abia le-am spus (fiindcă totuşi le-am spus până la capăt), că şi era cu desăvârşire stăpână pe mine şi-mi poruncea să cer iertare, să mă umilesc în faţa Mariei, să-mi recunosc ticăloşia şi cruzimea. De câte ori nu s-a făcut vinovată această blestemată dedublare a conştiinţei de fapte îngrozitoare! În vreme ce o parte din mine mă face să mă port frumos, cealaltă îmi revelează tendința de a înșela, ipocrizia și falsa generozitate; pe când una mă îndeamnă să insult un om, cealaltă se îndură de el și mă acuză pe mine însumi de ceea ce eu îi învinovățesc pe alții; în timp ce una mă face să văd frumusețea lumii, cealaltă îmi arată urâțenia ei și ridicolul oricărui sentiment de fericire. În fine, era oricum târziu pentru a vindeca rana deschisă în inima Mariei (și de asta mă asigura de undeva de departe, cu rea-voință plină de satisfacție, celălalt eu, care acum zăcea cufundat acolo, într-un fel de peșteră imundă), era mult prea târziu. María se sculă în tăcere, fără vlagă, pe când privirea ei (ce bine o cunoșteam!) ridica puntea mobilă pe care o întindea uneori între spiritele noastre; era acum privirea dură a unor ochi de nepătruns. Pe neașteptate, mă străfulgeră gândul că puntea fusese ridicată pentru totdeauna, și în disperarea aceea năvalnică n-am pregetat să mă supun celor mai mari umilințe: să-i sărut picioarele, de pildă. N-am izbutit decât s-o fac să mă privească cu milă, iar ochii i se îmblânziră o clipă. Dar din milă, numai din milă.

Când a dat să iasă din atelier, asigurându-mă, încă o dată, că nu-mi poartă pică, m-am prăbușit într-o totală anulare a voinței. Am rămas pustiit, în mijlocul atelierului, cu privirea ațintită într-un punct fix, ca un nebun. Până când, dintr-odată, mi-am dat seama că trebuie să fac ceva.

M-am repezit în stradă, dar María nu se vedea pe nicăieri. Am dat fuga la ea acasă, luând un taxi; bănuiam că nu se va întoarce direct şi speram aşadar s-o întâlnesc când vine. Am aşteptat în zadar mai bine de un ceas. I-am telefonat dintr-o cafenea; mi s-a spus că nu e acasă şi că nu venise de la patru (ora la care plecase spre atelierul meu). Am mai aşteptat câteva ceasuri. Apoi i-am telefonat din nou; mi s-a spus că n-avea să se întoarcă până seara târziu.

Deznădăjduit, m-am apucat s-o caut prin toate părțile, adică prin locurile în care ne întâlneam de obicei sau pe unde ne plimbam: pe la Recoleta, pe Avenida Centenario, în Plaza Francia şi Puerto Nuevo. N-am văzut-o pe nicăieri, până când am înțeles că se putea plimba pe oriunde, mai puțin prin locurile care-i aminteau de momentele noastre cele mai frumoase. Am dat iar fuga la ea acasă, dar se făcuse foarte târziu şi probabil ajunsese deja acolo. Am mai telefonat o dată: într-adevăr, se întorsese; dar mi s-a spus că s-a culcat şi-i era imposibil să vină la telefon. Mi-am spus, totuşi, numele.

Ceva se rupsese între noi.

XXI

M-am întors acasă cu senzația unei absolute singurătăți.

În general, senzația aceasta de a fi singur pe lume apare amestecată cu un sentiment orgolios de superioritate: disprețuiesc oamenii, îi consider murdari, urâți, nevolnici, lacomi, grosolani, meschini. Singurătatea mea nu mă sperie, e aproape olimpiană.

Însă în momentul acela, ca și în altele asemănătoare, mă simțeam singur ca urmare a celor mai detestabile trăsături ale mele, a celor mai mârșave fapte. În astfel de situații, simt că lumea e vrednică de dispreț, dar înțeleg că și eu fac parte din ea; atunci mă copleșește o furie distrugătoare, mă las ademenit de tentația sinuciderii, mă îmbăt, caut prostituate. Și încerc o anume satisfacție dovedindu-mi propria josnicie și constatând că nu sunt mai bun decât monștrii sordizi care mă înconjoară.

În noaptea aceea m-am îmbătat într-o cârciumă din partea de jos a orașului. Atinsesem culmea beției, când m-a copleșit într-atât sila de femeia care era cu mine și de marinarii din preajmă, încât am ieșit cu mare zor în stradă. Am mers pe Viamonte şi am ajuns până pe chei. M-am aşezat undeva şi am izbucnit în plâns. Apa murdară, dedesubt, mă ademenea neîncetat: de ce să mai sufăr? Sinuciderea te cucereşte prin uşurinţa distrugerii: într-o secundă, tot universul acesta absurd se prăbuşeşte ca un uriaş simulacru, ca şi cum soliditatea zgârie-norilor lui, a cuirasatelor, tancurilor şi închisorilor lui n-ar fi decât o fantasmagorie, fără mai multă trăinicie decât zgârie-norii, cuirasatele, tancurile şi închisorile dintr-un coşmar.

În lumina acestui raţionament, viaţa apare ca un lung coşmar, din care totuşi te poţi elibera prin moarte, ce-ar fi, astfel, un fel de trezire. Însă de ce să te trezeşti? Această nehotărâre de a mă arunca în neantul absolut şi etern m-a oprit în toate încercările mele de sinucidere. În pofida tuturor, omul este atât de legat de existenţă, încât mai bine suportă până la urmă imperfecţiunea şi durerea pricinuită de urâţenia ei, decât să distrugă fantasmagoria printr-un act de voinţă proprie. Şi se mai întâmplă că, atunci când am ajuns la acea limită a disperării care precedă sinuciderea, dat fiind că am epuizat inventarul a tot ceea ce e rău, ajungând la punctul în care răul nu mai poate fi depăşit, orice lucru bun, cât de mic ar fi, capătă o valoare exagerată, devine decisiv şi ne agăţăm de el precum ne-am prinde cu disperare de orice buruiană când ne paşte primejdia de a ne prăvăli într-o prăpastie.

Când m-am hotărât să mă duc acasă aproape că se lumina de ziuă. Nu-mi amintesc cum, dar, în pofida acestei hotărâri (de care-mi amintesc perfect), m-am pomenit dintr-odată în fața casei lui Allende. Ciudat e că nu-mi aduc aminte ce anume am făcut în acest răstimp. Mă văd stând jos pe chei, privind apa murdară şi gândindu-mă: „Acum trebuie să mă duc să mă culc", şi apoi mă văd în fața casei lui Allende, cu ochii la etajul cinci. De ce mă uitam oare? Era absurd să-mi închipui că o puteam vedea la ora aceea. Am stat mult, descumpănit, până mi-a venit o idee: am mers înapoi până în bulevard, am căutat o cafenea şi i-am dat telefon. Am făcut-o fără să mă gândesc ce aveam să spun pentru a justifica un telefon la o asemenea oră. Când mi s-a răspuns, după ce sunasem cam cinci minute, am rămas paralizat, fără să pot deschide gura. Am închis, înspăimântat, am plecat din cafenea şi am început să merg aiurea. M-am trezit brusc tot la cafenea. Ca să nu atrag atenția, am cerut un gin şi în timp ce-l beam mi-am propus să mă întorc acasă.

După ceva vreme, am ajuns în sfârşit în atelier. M-am trântit pe pat, îmbrăcat, şi-am adormit.

XXII

M-am deşteptat încercând să strig şi m-am pomenit în picioare, în mijlocul atelierului. Visasem că trebuia să ne ducem, mai multe persoane, acasă la un domn care ne chemase. Am ajuns acolo; pe dinafară casa părea ca oricare alta; am intrat. Însă, intrând, am avut pe loc convingerea că nu-i aşa, că e diferită de celelalte. Stăpânul mi-a zis:

— Vă aşteptam.

Am intuit că e vorba de o cursă şi am vrut să fug. Am făcut o sforţare uriaşă, dar era prea târziu: corpul nu mă mai asculta. M-am resemnat să asist la ce avea să se întâmple, ca şi cum ar fi fost un eveniment străin de persoana mea. Bărbatul s-a apucat să mă prefacă în pasăre, într-o pasăre de mărime omenească. A început cu picioarele. Am văzut cum deveneau, încetul cu încetul, labe de cocoş sau cam aşa ceva. Urmă apoi transformarea întregului trup, spre partea de sus, precum urcă apa într-un iaz. Singura mea speranţă era acum la prieteni, care în mod inexplicabil nu sosiseră. Când în sfârşit au venit, s-a întâmplat ceva care m-a îngrozit:

n-au observat transformarea mea. S-au purtat cu mine ca de obicei, ceea ce dovedea că mă vedeau ca întotdeauna. Mi-am zis că vrăjitorul îi iluziona, determinându-i să mă vadă ca pe o ființă normală, și m-am hotărât să le povestesc ce-mi făcuse. Cu toate că intenția mea era să relatez fenomenul cu seninătate, pentru a nu agrava situația iritându-l pe vrăjitor cu o reacție violentă (ceea ce l-ar fi putut determina să-mi facă un rău și mai mare), m-am apucat să povestesc totul strigând. Am observat atunci două lucruri înfricoșătoare: cuvintele pe care voiam să le rostesc mi-au ieșit prefăcute într-un țipăt aspru de pasăre, un țipăt disperat și straniu, poate prin ceea ce era omenesc în el; și, ceea ce era infinit mai groaznic, prietenii mei nu auziră țipătul acela, tot așa cum nu-mi văzuseră trupul de pasăre uriașă; dimpotrivă, păreau că-mi aud vocea obișnuită spunând lucruri obișnuite, fiindcă nu s-au arătat uimiți deloc. Am tăcut, înspăimântat. Stăpânul casei m-a privit atunci cu o strălucire sarcastică în ochi, aproape imperceptibilă, și oricum observată doar de mine. Am înțeles atunci că *nimeni, niciodată*, nu va ști că fusesem prefăcut în pasăre. Eram pierdut pentru totdeauna și secretul avea să meargă cu mine în mormânt.

XXIII

Cum am spus, când m-am trezit mă aflam în mijlocul camerei, în picioare, scăldat într-o sudoare rece.

M-am uitat la ceas: era zece dimineața. Am dat fuga la telefon. Mi s-a spus că plecase la moşie. Am rămas descumpănit. Vreme îndelungată am stat trântit pe pat, fără să mă hotărăsc la nimic, până când m-am decis să-i scriu.

Nu-mi amintesc exact cuvintele scrisorii, care era foarte lungă, dar ştiu că-i spuneam să mă ierte, că eram un gunoi, că nu-i meritam dragostea, că eram condamnat, pe bună dreptate, să mor în singurătatea cea mai desăvârşită.

Au trecut zile cumplite fără să primesc nici un răspuns. I-am trimis o a doua scrisoare şi apoi o a treia şi o a patra, spunând mereu acelaşi lucru, dar de fiecare dată tot mai disperat. În ultima m-am hotărât să-i povestesc tot ce se întâmplase în noaptea care a urmat despărțirii noastre. N-am ascuns nici un amănunt şi nici o ticăloşie, după cum nu m-am ferit să-i mărturisesc intenția de sinucidere. Mi-a fost ruşine s-o folosesc drept armă, dar am făcut-o. Trebuie să adaug că, descriindu-mi actele cele mai josnice şi disperarea singurătăţii din acea noapte, în faţa casei ei de pe strada Posadas, mă înduioşam de soarta mea şi am ajuns chiar să-mi plâng de milă. Nutream speranţa că María va simţi ceva asemănător citind scrisoarea şi asta m-a mai liniştit. Când am trimis-o, recomandată, eram optimist de-a binelea.

Cu poşta următoare sosi de la María o scrisoare plină de căldură. Am simţit că avea să reînvie ceva din primele noastre momente de dragoste, dacă nu cu minunata transparenţă de la început, măcar cu câteva din atributele ei esenţiale, tot aşa cum un rege este întotdeauna un rege, chiar dacă supuşi neloiali şi perfizi l-au trădat şi l-au ponegrit.

Voia să mă duc la moşie. Ca un nebun, mi-am pregătit o valiză, o cutie cu vopsele şi am dat fuga la gara Constitución.

XXIV

Gara Allende e una dintre acele halte de țară cu câțiva localnici, un șef mereu în cămașă, o tarabă și niște bidoane de lapte.

M-au enervat două lucruri: absența Mariei și prezența unui șofer.

Abia am coborât din tren, că s-a și apropiat de mine și m-a întrebat:

— Sunteți domnul Castel?

— Nu, am răspuns cu seninătate. Nu sunt domnul Castel.

Însă mi-am zis imediat că o să fie greu să aștept în gară trenul de întoarcere; putea întârzia o jumătate de zi sau cam așa ceva. M-am hotărât, supărat, să-mi recunosc identitatea.

— Da, am adăugat aproape imediat, sunt domnul Castel.

Șoferul s-a uitat la mine mirat.

— Poftim, i-am spus, dându-i valiza și cutia cu vopsele.

Ne-am îndreptat spre automobil.

— Doamna María nu s-a simțit bine, mi-a explicat.

„Nu s-a simţit bine!“ am îngânat sarcastic. Ce bine cunoşteam asemenea subterfugii! M-a bătut iar gândul să mă întorc la Buenos Aires, dar acum, pe lângă aşteptarea ternului, mai era şi altceva: nevoia de a-l convinge pe şofer că eu sunt, într-adevăr, Castel, sau poate nevoia de a-l convinge că, deşi sunt domnul Castel, nu sunt nebun. Am reflectat în grabă la diferitele posibilităţi care mi se prezentau şi am ajuns la concluzia că oricum ar fi greu să-l conving pe şofer.

M-am hotărât să mă las dus la moşie. Pe deasupra, ce s-ar fi întâmplat dacă m-aş fi întors? Era uşor de bănuit, fiindcă ştiam din multele situaţii anterioare: aş fi rămas cu furia, sporită de neputinţa de a mi-o vărsa asupra Mariei, aş fi suferit îngrozitor că n-o văd, n-aş mai fi putut lucra şi toate astea pentru o ipotetică supărare a ei. Spun *ipotetică* deoarece n-am putut verifica niciodată dacă astfel de represalii o supărau cu adevărat.

Hunter semăna oarecum cu Allende (cred că am mai spus că sunt veri); era înalt, brunet, uscăţiv, cu privirea alunecoasă. „Tipul ăsta e un nehotărât şi un ipocrit“, mi-am zis. Şi asta m-a bucurat (sau cel puţin aşa am crezut în clipa aceea).

M-a primit cu o politeţe ironică şi m-a prezentat unei femei slăbănoage care fuma cu un portţigaret foarte lung. Avea un accent parizian, se numea Mimí Allende, era afurisită şi mioapă.

Dar unde naiba era María? Oare se simțea într-adevăr rău? Eram atât de nerăbdător, că aproape uitasem de prezența celor doi. Dar, dându-mi brusc seama de situație, m-am întors repede spre Hunter, ca *să-l țin sub control.* E o metodă care dă rezultate excelente cu indivizi de soiul ăsta.

Hunter se uita la mine cu o privire scrutătoare, ironică, pe care s-a străduit să și-o schimbe instantaneu.

— María nu s-a simțit bine și s-a culcat, spuse. Dar cred că o să coboare curând.

M-am blestemat în sinea mea că am fost distrat: cu asemenea oameni trebuie să fii mereu în gardă; pe deasupra, eram ferm hotărât să le inventariez ideile, bancurile, reacțiile, sentimentele: totul îmi era util în raport cu María. M-am pregătit, deci, *să ascult* și *să văd,* încercând s-o fac într-o stare de spirit cum nu se poate mai bună. Am fost conștient că mă amuza atmosfera de ipocrizie generală a lui Hunter și a slăbănoagei. Totuși, starea mea de spirit era sumbră.

— Deci dumneavoastră sunteți pictor, spuse femeia mioapă, privindu-mă cu ochii mijiți, cum faci când bate vântul ca să nu-ți intre praf în ei.

Gestul ăsta, provocat desigur de dorința de a-și diminua miopia fără ochelari (de parcă ochelarii ar fi putut s-o urâțească mai mult), îi accentua aerul de insolență și ipocrizie.

— Da, doamnă, am răspuns furios.

Aveam convingerea că e domnișoară.

— Castel e un pictor magnific, a explicat tipul.

A adăugat apoi o serie de platitudini în chip de elogii, repetând tâmpeniile pe care criticii le scriau despre mine ori de câte ori aveam vreo expoziție: „solid" și așa mai departe. Nu pot tăgădui că, repetând aceste locuri comune, își dezvăluia un anume simț al umorului. Am văzut că Mimí mă cerceta din nou cu ochii întredeschiși și am simțit că mă enervez la gândul că avea să mă vorbească de rău. Încă n-o cunoșteam bine.

— Ce pictori preferați? m-a întrebat, de parcă eram la un examen.

Nu, acum îmi amintesc că asta m-a întrebat după ce am intrat înăuntru. Imediat după ce m-a prezentat acelei femei care stătea în grădină, lângă o masă pe care era aranjat serviciul de ceai, Hunter m-a dus în casă, în camera pe care mi-o pregătiseră. Pe când urcam (casa avea două etaje) mi-a explicat că, cu unele îmbunătățiri, era aproape aceeași casă pe care o clădise bunicul în vatra moșiei străbunicului. „Și mie ce-mi pasă?" îmi ziceam. Era clar că tipul voia să pară amabil și deschis, deși nu-mi dau seama cu ce scop. În vreme ce el spunea ceva despre un ceas de soare sau ceva cu soare, eu mă gândeam că María trebuie să fie în vreuna din camerele de sus. Poate din cauza expresiei mele iscoditoare, Hunter mi-a spus:

— Avem mai multe dormitoare. În realitate, casa e destul de comodă, deși e făcută într-un stil plin de grație.

Mi-am adus aminte că Hunter era arhitect. Rămânea de văzut ce înțelegea prin construcții lipsite de grație.

— Acesta e fostul dormitor al bunicului; acum stau eu aici, mi-a explicat, arătându-mi-l pe cel din mijloc.

Apoi îmi deschise ușa altui dormitor.

— Aceasta e camera dumneavoastră, mi-a spus.

M-a lăsat singur acolo și mi-a zis că mă așteaptă jos, la ceai. Îndată ce a plecat, inima a început să-mi bată nebunește la gândul că María s-ar putea afla în oricare din dormitoarele astea, poate în cel de alături. Stând în picioare în mijlocul camerei, nu știam ce să fac. Mi-a venit o idee: m-am apropiat de peretele dinspre celălalt dormitor (nu dinspre cel al lui Hunter) și am bătut ușor cu pumnul. Am așteptat răspuns, dar în zadar. Am ieșit pe coridor, m-am uitat dacă nu era nimeni, m-am dus la ușa de alături și, pradă unei mari agitații, am ridicat mâna să bat. N-am avut curaj și m-am întors aproape în fugă la mine în cameră. M-am hotărât apoi să cobor în grădină. Eram foarte descumpănit.

XXV

Abia acum, când eram aşezaţi la masă, slăbănoaga m-a întrebat ce pictori preferam. Am pomenit anevoie câteva nume: Van Gogh, El Greco. M-a privit ironic şi a exclamat, parcă pentru sine:

— *Tiens!*[1]

Apoi a adăugat:

— Mie nu-mi plac numele astea prea mari. Drept să-ţi spun, a continuat adresându-se lui Hunter, unii ca Michelangelo sau El Greco mă deranjează. Grandoarea şi dramatismul sunt atât de agresive! Mai c-aş spune că-i vorba de proastă-creştere, nu crezi? Eu zic că artistul ar trebui să-şi impună ca obligaţie să nu atragă niciodată atenţia. Mă revoltă orice exces de dramatism şi de originalitate. Să fii original înseamnă într-un anume fel să pui în evidenţă mediocritatea celorlalţi, ceea ce mi se pare de un gust foarte îndoielnic. Cred că, dacă aş picta sau aş scrie, aş face ceva care să nu atragă atenţia nici o clipă.

---

1 Ia te uită! (fr.)

— Nu mă îndoiesc, comentă Hunter răutăcios.

Apoi adăugă:

— Sunt sigur că nu ți-ar plăcea să scrii, bunăoară, *Frații Karamazov*.

— *Quelle horreur!*[1] exclamă Mimí, îndreptându-și ochișorii spre cer.

Apoi își completă gândirea:

— Toți par niște *nouveaux-riches*[2] ai conștiinței, chiar și acest *moine*[3], cum îl cheamă?... Zozime.

— De ce nu-i spui Zosim, Mimí? Doar dacă nu te hotărăști să-i spui pe rusește.

— Iar începi cu prostiile tale puriste. Știi doar că numele rusești se pot rosti în multe feluri. Așa cum spunea personajul acela dintr-o *farce*: „Tolstói sau Tolstuá, fiindcă în ambele feluri se poate și trebuie să se spună“.

— Poate de asta, comentă Hunter, într-o traducere spaniolă pe care am terminat-o de citit (direct din rusă, după cum precizează editura) e scris Tolstoi cu două puncte pe *i*.

— Ah, mă încântă treburile astea, zise veselă Mimí. Am citit odată o traducere în franceză din Cehov unde dădeai bunăoară de un cuvânt ca *ichvochnik* (sau ceva de genul acesta) și se făcea o trimitere. Iar în josul paginii te trezeai că înseamnă *porteur*[4]. Închipuie-ți că atunci

1 Ce groaznic! (fr.)

2 Parveniți (fr.).

3 Călugăr (fr.).

4 Hamal (fr.).

nu se explică de ce nu lasă în rusă şi cuvinte cum ar fi *malgré*[1] sau *avant*[2]. Nu crezi? Drept să-ţi spun treburile astea ale traducătorilor mă încântă, mai ales când e vorba de romane ruseşti. Dumneavoastră suportaţi romanele ruseşti?

Întrebarea asta mi-a adresat-o imprevizibil mie, dar n-a aşteptat răspuns şi a spus mai departe, uitându-se iar la Hunter:

— Închipuie-ţi că n-am putut termina niciodată un roman rusesc... Sunt atât de dificile... Apar mii de personaje şi, la sfârşit, îţi dai seama că nu sunt decât patru sau cinci. Şi, bineînţeles, când începi să te obişnuieşti cu unul care se numeşte Aleksandr, mai încolo reiese că-l cheamă Saşa şi apoi Saşka şi mai departe Saşenka, şi pe neaşteptate ceva grandios cum e Aleksandr Aleksandrovici Bunin, iar mai târziu doar Aleksandr Aleksandrovici. Abia te-ai mai lămurit, că le şi pierzi urma. E povestea cu cocoşul roşu: fiecare personaj pare o familie. N-ai să-mi spui că nu-i obositor, până şi pentru tine.

— Îţi mai spun o dată, Mimí, că nu se justifică să pronunţi numele ruseşti ca în franceză. De ce în loc de Tchekhov nu spui Cehov, care-i mai aproape de original? Pe deasupra, acest *până şi* e un galicism groaznic.

— Te rog, îl imploră Mimí, nu fi aşa de plicticos, Luisito. Când ai să înveţi să-ţi disimulezi cunoştinţele?

---

1 Totuşi, în ciuda (fr.).

2 Înainte (fr.).

Eşti atât de copleşitor, atât de *épuisant*... nu vi se pare? a conchis brusc, adresându-mi-se.

— Ba da, am răspuns, aproape fără să-mi dau seama ce anume tot zicea.

Hunter mă privi cu ironie.

Eram îngrozitor de trist. Şi se mai spune că-mi pierd răbdarea! Şi azi mă minunez că am ascultat cu atâta atenţie toate tâmpeniile alea şi, mai ales, că mi le amintesc cu atâta precizie. Ciudat e că, auzindu-le, încercam să mă bucur şi-mi spuneam: „Oamenii ăştia sunt frivoli, superficiali. Astfel de oameni nu-i pot stârni Mariei decât un sentiment de însingurare. ASTFEL DE OAMENI NU-MI POT FI RIVALI". Şi totuşi nu izbuteam să mă înveselesc. Simţeam că în străfundul fiinţei mele cineva mă îndemna să fiu trist. Şi, neputându-mi da seama de unde provenea tristeţea asta, eram indispus, nervos, oricât încercam să mă liniştesc, promiţându-mi să analizez fenomenul când voi fi singur. M-am mai gândit şi că motivul tristeţii putea fi absenţa Mariei, însă eram conştient că asta îmi provoca mai curând iritare decât tristeţe. *Nu era asta.*

Acum stăteau de vorbă despre romane poliţiste: am auzit pe nepusă masă că femeia îl întreba pe Hunter dacă citise ultimul roman din *Al şaptelea cerc*.

— La ce bun? a răspuns Hunter. Toate romanele poliţiste sunt la fel. Unul pe an, merge. Dar unul pe săptămână mi se pare că dovedeşte din partea cititorului o lipsă de imaginaţie.

Mimí s-a indignat. Vreau să spun *s-a prefăcut că se indignează.*

— Nu spune prostii, a zis. E singurul gen de romane pe care-l pot citi acum. Îți mărturisesc că mă încântă. Totul e atât de complicat și apar detectivi minunați care se pricep la orice: arta din epoca Ming, grafologie, teoria lui Einstein, baseball, arheologie, chiromanție, economie politică, statistici despre creșterea iepurilor în India. Și apoi sunt atât de infailibili, o plăcere. Nu-i așa? a întrebat adresându-mi-se iar mie.

M-a luat prin surprindere și n-am știut ce să răspund.

— Da, sigur, am zis ca să spun ceva.

Hunter se uită din nou ironic la mine.

— Îi voi spune lui Georgie că romanele polițiste te plictisesc, adăugă Mimí, privindu-l pe Hunter cu severitate.

— N-am zis că mă plictisesc: am zis că mi se par toate la fel.

— În orice caz, am să-i spun lui Georgie. Ce bine că nu toată lumea e pedantă ca tine. Domnului Castel, de pildă, îi plac, nu-i așa?

— Mie? am întrebat îngrozit.

— Sigur, a continuat ea fără să-mi aștepte răspunsul și întorcându-se iar spre Hunter, dacă toată lumea ar fi atât de savantă ca tine, nu s-ar mai putea trăi. Sunt convinsă că trebuie să ai o întreagă teorie despre romanul polițist.

— Așa-i, admise Hunter zâmbind.

— Nu vă spuneam? comentă Mimí cu asprime, vorbindu-mi iarăşi mie şi parcă luându-mă drept martor. Doar îl cunosc eu bine. Haide, dă-i drumul, fă pe grozavul! Trebuie să arzi de nerăbdare să ți-o expui.

Hunter, într-adevăr, nu se lăsă prea mult rugat.

— Teoria mea, explică, e următoarea: romanul polițist reprezintă în secolul douăzeci ce reprezenta romanul cavaleresc în epoca lui Cervantes. Ba mai mult: cred că s-ar putea face un echivalent al lui *Don Quijote*: o satiră a romanului polițist. Imaginați-vă un individ care şi-a petrecut viața citind romane polițiste şi care a ajuns la nebunia de a crede că lumea funcționează ca un roman de Nicholas Blake sau de Ellery Queen. Închipuiți-vă că amărâtul ăsta se apucă în cele din urmă să descopere crime şi să procedeze în viața reală cum ar face-o un *detective* în vreunul din romanele acelea. Cred că s-ar putea scrie ceva foarte amuzant, tragic, simbolic, satiric şi frumos.

— Şi de ce nu încerci? întrebă Mimí pe un ton zeflemitor.

— Din două motive: nu sunt Cervantes şi sunt foarte leneş.

— Mi se pare că ajunge primul motiv, decretă Mimí.

Din nefericire, mi se adresă apoi mie.

— Omul ăsta, zise arătând dintr-o parte spre Hunter cu porttigaretul ei lung, e împotriva romanelor polițiste pentru că nu e în stare să scrie nici măcar unul, chiar de-ar fi romanul cel mai plicticos de pe lume.

— Dă-mi o ţigară, îi spuse Hunter verişoarei lui. Apoi adăugă: Când o să renunţi la exagerările astea? În primul rând, n-am spus că sunt împotriva romanelor poliţiste: n-am spus decât că s-ar putea scrie ceva cum ar fi un *Don Quijote* al epocii noastre. În al doilea, te înşeli în privinţa totalei mele incapacităţi în materie. Odată mi-a trecut prin cap o idee grozavă pentru un roman poliţist.

— *Sans blague*[1], s-a mulţumit Mimí să spună.

— Da, zău că da. Să vezi: un bărbat are mamă, nevastă şi un copil. Într-o noapte, mama e omorâtă în chip misterios. Cercetările poliţiei nu duc la nici un rezultat. După un timp, e omorâtă şi nevasta; acelaşi mister. În cele din urmă e omorât copilul. Bărbatul e înnebunit, pentru că îşi iubea toată familia, dar mai ales copilul. Disperat, se hotărăşte să investigheze crimele pe cont propriu. Cu obişnuitele metode inductive, deductive, analitice, sintetice etc. folosite de geniile romanelor poliţiste, ajunge la concluzia că asasinul trebuie să mai comită şi a patra crimă, într-o zi anume, la o oră anume, într-un loc anume. Concluzia e că acum trebuie să-l omoare pe el. În ziua şi la ora prevăzute, bărbatul se duce la locul unde trebuie să fie comis cel de-al patrulea asasinat şi-l aşteaptă pe criminal. Dar acesta nu vine. Îşi revede deducţiile: poate o fi calculat greşit locul: nu, locul e chiar acela; poate o fi calculat greşit ora: nu, ora e chiar aceea. Concluzia

1 Nu zău! (fr.)

e înfiorătoare: asasinul *trebuie să se afle deja la locul crimei.* Cu alte cuvinte: *asasinul e chiar el* şi a comis celelalte crime într-o stare de inconştienţă. Detectivul şi asasinul sunt una şi aceeaşi persoană.

— Prea original pentru gustul meu, a comentat Mimí. Şi cum se termină? Nu spuneai că trebuia să urmeze a patra crimă?

— Concluzia e evidentă, a spus Hunter indolent. Bărbatul se sinucide. Rămâne îndoiala dacă se omoară datorită remuşcărilor sau dacă eul asasin omoară eul detectiv, ca într-o crimă de rând. Nu-ţi place?

— Mi se pare amuzant. Dar una e să povesteşti şi alta să scrii romanul.

— Într-adevăr, a admis Hunter cu seninătate.

Mimí s-a apucat apoi să vorbească despre un chiromant pe care-l cunoscuse la Mar del Plata şi despre o femeie clarvăzătoare. Hunter a făcut o glumă şi ea s-a supărat.

— Închipuie-ţi că e ceva serios, a spus. Soţul ei e profesor la Politehnică.

Au continuat să vorbească de telepatie, iar eu eram disperat fiindcă María nu mai apărea. Când am reuşit să fiu atent la ei, discutau despre situaţia peonilor.

— Treaba e că oamenii nu vor să muncească mai mult, a decretat Mimí, ţinând portţigaretul ca pe o baghetă.

Spre sfârşitul discuţiei m-a străfulgerat o idee care mi-a risipit tristeţea inexplicabilă: am intuit că Mimí sosise în ultimul moment şi că María nu coboară ca să nu fie obligată să suporte părerile lui Mimí şi ale vărului ei (pe care precis că le cunoştea până la exasperare). Însă acum că mi-amintesc, intuiţia asta n-a fost cu desăvârşire iraţională, ci o consecinţă a unor cuvinte spuse de şofer în drum spre moşie, pe care eu nu le-am luat deloc în seamă la început; ceva referitor la o verişoară a domnului care tocmai sosise de la Mar del Plata să bea ceaiul împreună. Era clar: disperată de venirea pe nepusă masă a acestei femei, María se închisese în dormitorul ei pretextând o indispoziţie; era limpede că nu poate suporta astfel de personaje. Şi, simţind cum tristeţea mi se risipea datorită acestei deducţii, mi s-a revelat brusc cauza acestei tristeţi: când am ajuns acolo şi am văzut că Hunter şi Mimí erau nişte oameni ipocriţi şi frivoli, sufletul meu s-a bucurat la suprafaţă, pentru că vedeam astfel că e imposibil ca Hunter să-mi fie rival; dar în străfundurile fiinţei mele m-am întristat, gândindu-mă (mai bine zis *simţind*) că María aparţine şi ea acestui grup şi că, în vreun fel, poate avea trăsături asemănătoare.

XXVI

Când ne-am ridicat de la masă pentru a ne plimba prin parc, am văzut-o pe María, care venea spre noi, ceea ce mi-a confirmat ipoteza: aşteptase momentul acesta să ni se alăture, evitând conversaţia absurdă de la masă.

Ori de câte ori o vedeam pe María, înconjurată de alte persoane, venind spre mine, îmi ziceam: „Între făptura asta minunată şi mine există o legătură tainică", şi apoi, când îmi analizam sentimentele, îmi dădeam seama că îmi devenise indispensabilă (precum cineva pe care-l găseşti pe o insulă pustie), pentru ca mai târziu, odată ce teama de singurătate absolută mi-a trecut, să ajungă un fel de lux cu care mă mândream. În această a doua fază a iubirii mele începuseră să se ivească o mulţime de dificultăţi; cam tot aşa se întâmplă cu cineva care moare de foame: acceptă orice, fără să pună condiţii, dar apoi, după ce şi-a satisfăcut nevoia urgentă, se apucă să se plângă tot mai mult de cusururi şi neajunsuri. Am văzut în ultimii ani emigranţi care ajungeau, cu o umilinţă ca a celor scăpaţi din lagărele de concentrare, să accepte orice ca să trăiască, făcând bucuroşi muncile cele mai degradante; însă e destul de ciudat ca unui om să nu-i fie de-ajuns că a scăpat de tortură şi de moarte pentru a trăi mulţumit: abia capătă o nouă siguranţă, că orgoliul, vanitatea şi trufia, ce păruseră a fi pierit pentru totdeauna, încep să apară din nou, ca nişte animale care fugiseră speriate şi care apoi se ivesc iar, mai îndârjite, parcă ruşinate că s-au lăsat înşelate. Nu de puţine ori în astfel de împrejurări asişti la acte de ingratitudine şi ignorare.

Acum, când pot să-mi analizez în linişte sentimentele, cred că a fost ceva asemănător în relaţia mea cu María şi simt că, într-un anume fel, plătesc pentru sminteala de a nu mă fi mulţumit cu acea parte din María care m-a salvat (pentru moment) de singurătate. Acea zvâcnire a orgoliului, dorinţa aceea, tot mai arzătoare, de posesie exclusivă, ar fi trebuit să-mi arate că mergeam pe un drum greşit, sfătuit de vanitate şi mândrie.

Însă în clipa aceea, văzând-o cum se apropia, sentimentul acela de orgoliu era aproape anihilat de senzaţia de vină şi ruşine stârnită de amintirea scenei îngrozitoare din atelierul meu, cu stupida, necruţătoarea şi chiar grosolana acuzaţie că „înşală un orb". Am simţit cum mi se tăiau picioarele şi cum frigul şi paloarea îmi năpădeau chipul. Să ne întâlnim aşa, în faţa ăstora! Să nu mă pot arunca la picioarele ei, plin de umilinţă, ca să mă ierte şi să facă să-mi dispară groaza şi dispreţul faţă de mine însumi!

Însă María n-a părut că-şi pierde cumpătul şi imediat m-a încercat din nou tristeţea vagă din după-amiaza aceea.

M-a salutat cu o expresie foarte reţinută, parcă dorind să le arate verilor că între noi nu e nimic mai mult decât o simplă prietenie. Mi-am amintit, cu o senzaţie neplăcută de ridicol, cum mă purtasem la un moment dat cu ea, în urmă cu câteva zile. Într-una din crizele mele de disperare, îi spusesem că aş dori odată, în amurg, să privesc de pe o colină turlele bisericii San Gemignano. M-a privit cu fervoare şi mi-a spus: „Ce minunat ar fi, Juan Pablo!“ Dar, când i-am propus să fugim chiar în seara aceea, s-a speriat, s-a întunecat la faţă şi mi-a zis sumbru: „Nu avem dreptul să ne gândim numai la noi. Lumea e tare complicată“. Am întrebat-o ce vrea să spună cu asta. Mi-a răspuns, pe un ton şi mai sumbru: „Fericirea e înconjurată de durere“. Am părăsit-o brusc, fără să-mi iau rămas-bun. Am simţit, mai mult ca oricând, că niciodată nu voi ajunge să mă contopesc definitiv cu ea şi că trebuia să mă mulţumesc doar cu momente fragile de comuniune, la fel de melancolic efemere ca amintirea anumitor vise sau ca fericirea unor pasaje muzicale.

Şi acum se apropia, îşi controla fiecare mişcare, îşi calcula fiecare cuvânt, fiecare expresie a feţei. Era în stare până şi să-i zâmbească acelei femei!

M-a întrebat dacă adusesem schițele.

— Ce schițe? am exclamat furios, știind că făceam să eșueze o manevră complicată, fie ea în favoarea noastră.

— Schițele pe care mi-ați promis să mi le arătați, stărui cu un calm desăvârșit. Schițele cu portul.

M-am uitat la ea cu dușmănie, dar mi-a susținut cu seninătate privirea și, pentru o zecime de secundă, ochii i s-au îmblânzit și au părut că-mi spun: „Compătimește-mă pentru toate astea". Iubita mea, María mea iubită! Cât am suferit pentru secunda aceea de rugă și umilință! Am privit-o drăgăstos și i-am răspuns:

— Bineînțeles că le-am adus. Sunt sus, în dormitor.

— Sunt foarte nerăbdătoare să le văd, a spus, reluându-și tonul rece de dinainte.

— Putem să le vedem chiar acum, i-am zis, ghicind unde bate.

M-am înfiorat la gândul că s-ar putea să ni se alăture Mimí. Însă María o cunoștea mai bine decât mine, așa că a adăugat îndată câteva cuvinte care zădărniceau orice încercare de imixtiune:

— Ne întoarcem repede.

Abia le-a rostit, că m-a și apucat hotărâtă de braț, conducându-mă spre casă. Le-am aruncat în fugă o privire celor doi și mi s-a părut că zăresc o licărire intenționată în ochii lui Mimí când s-a uitat la Hunter.

XXVII

Mă gândeam să rămân la moşie mai multe zile, dar n-am stat decât o noapte. A doua zi, de cum a răsărit soarele, am luat-o la fugă pe jos, cu valiza şi cutia de vopsele. Plecarea mea poate părea o nebunie, dar veţi vedea cât este de îndreptăţită.

Cum ne-am despărţit de Hunter şi de Mimí, am intrat în casă pentru a căuta presupusele schiţe şi, în cele din urmă, am coborât cu cutia de vopsele şi o mapă cu desene, unde erau chipurile schiţele. Trucul ăsta a fost născocit de María.

Verii dispăruseră, oricum. María a început atunci să dea dovadă o dispoziţie excelentă şi, când am străbătut parcul, îndreptându-ne spre coastă, părea entuziasmată de-a binelea. Era diferită de femeia pe care o cunoscusem până atunci, în tristeţea oraşului: mai dinamică, mai vitală. Mi s-a părut apoi că în făptura ei se iveşte o senzualitate necunoscută mie, o senzualitate a culorilor şi miresmelor: se entuziasma ciudat (ciudat pentru mine, care am o senzualitate introspectivă, aproape pur imaginativă) văzând culoarea unui trunchi, a unei frunze uscate, a unei gâze oarecare, simţind parfumul de eucalipt amestecat cu mirosul mării. Şi, departe de a mă bucura, mă întrista şi aducea la disperare, fiindcă intuiam că această nouă ființă îmi este aproape cu desăvârşire străină şi că, în schimb, trebuie să-i aparţină în vreun fel lui Hunter sau altui bărbat.

Tristeţea îmi sporea încetul cu încetul; poate şi din cauza zgomotului valurilor, care devenea tot mai pătrunzător. Când am ieşit din parc şi în faţa ochilor mi-a apărut cerul deasupra ţărmului, am intuit că tristeţea aceea e inevitabilă; era aceeaşi de totdeauna în faţa frumuseţii, ori cel puţin în faţa unui anumit gen de frumuseţe. Oare toţi simt aşa, sau e încă un cusur al firii mele nenorocite?

Ne-am aşezat pe stânci şi am tăcut vreme îndelungată, ascultând zbaterea furioasă a valurilor la picioarele noastre, simţind pe feţe stropii de spumă care ajungeau uneori până sus pe faleză. Cerul, furtunos, mi-a amintit de cel din tabloul lui Tintoretto în care Sfântul Marcu salvează un sarazin.

— De câte ori, a spus, n-am visat să împart cu tine marea şi cerul de aici!

După un timp, a adăugat:

— Mi se pare câteodată că am trăit întotdeauna împreună scena asta. Când am văzut femeia singură din fereastra pictată de tine, am simţit că eşti ca mine şi că şi tu cauţi orbeşte pe cineva, un fel de interlocutor mut. Din ziua aceea m-am gândit mereu la tine, te-am visat adeseori aici, în locul unde mi-am petrecut atâtea ore din viață. M-am și gândit odată să te caut și să-ți mărturisesc totul. Însă mi-a fost frică să nu mă înșel, cum mi se mai întâmplase într-un rând, și am așteptat ca, într-un fel, să fii tu cel care să mă caute. Și te ajutam din răsputeri, te chemam în fiecare noapte, și am ajuns să fiu atât de sigură că te voi întâlni încât, când s-a întâmplat, lângă ascensorul acela absurd, am rămas încremenită de frică și n-am putut spune nimic altceva decât o nerozie. Iar atunci când ai fugit îndurerat, fiindcă credeai că e o greșeală, am alergat după tine ca o nebună. Au urmat apoi clipele acelea din Piața San Martín, când ai crezut că e necesar să-mi explici tot felul de lucruri, în vreme ce eu încercam să te descumpănesc, șovăind între neliniștea înfrigurată de a nu te pierde pentru totdeauna și teama de a nu-ți face rău. Mă străduiam să te descurajez, să te fac să crezi că nu-ți înțelegeam cuvintele rostite pe jumătate, mesajul cifrat.

Eu nu spuneam nimic. Ascultându-i vocea, vocea ei minunată, mi se învălmășeau în cap sentimente frumoase și gânduri sumbre. Am căzut într-un fel de transă. Apusul soarelui incendia treptat o nălucire uriașă printre nori. Am simțit că momentul acesta magic nu se va mai repeta *niciodată*. „Niciodată, niciodată", mi-am zis, și acolo, în înaltul stâncilor, m-a luat cu amețeală gândindu-mă cât de ușor ar fi s-o târăsc în abis, cu mine.

Auzeam crâmpeie rostite de ea: „Dumnezeule... multe lucruri în veşnicia asta petrecută împreună... lucruri oribile... nu numai că suntem peisajul acesta, ci fiinţe mărunte din carne şi oase, neînsemnate, năpădite de urâţenie..."

Marea se prefăcuse încetul cu încetul într-un monstru întunecat. Dintr-odată, bezna a devenit de nepătruns şi vuietul valurilor, acolo jos, a căpătat o atracţie sumbră: cât de uşor ar fi fost totul! Ea spunea că suntem fiinţe mărunte, năpădite de urâţenie; însă, chiar dacă ştiam cât de capabil sunt eu însumi de fapte josnice, mă deprima gândul că şi ea poate fi, că este *cu siguranţă*. Cum?, mă întrebam, cu cine?, când? Şi în mine creştea tot mai mult o dorinţă surdă să mă năpustesc asupra ei, s-o sfâşii cu unghiile, să o strâng de gât şi s-o arunc în mare. Pe neaşteptate, am auzit alte frânturi de fraze: vorbea de un văr, Juan sau aşa ceva; vorbea de copilăria la ţară: mi s-a părut că aud ceva despre fapte „cumplite şi crunte" care se întâmplaseră cu vărul acela. Am avut impresia că María îmi făcuse o confesiune preţioasă, şi că eu, ca un prost, n-o ascultasem.

— Ce fapte cumplite şi crunte? am strigat.

Însă, ciudat, s-ar fi zis că nu mă aude: căzuse şi ea într-un fel de letargie, părea şi ea singură.

A trecut un răstimp lung, poate o jumătate de oră.

Am simţit apoi că-mi mângâia faţa, cum o făcuse şi în alte momente asemănătoare. Eu nu puteam vorbi. Mi-am pus capul în poala ei, cum făceam cu mama când eram mic, şi am stat aşa un timp încremenit, plămădit din copilărie şi moarte.

Ce păcat că existau în străfunduri fapte inexplicabile şi suspecte! Cu câtă ardoare doream să mă înşel, cum tânjeam ca María să nu fie decât cea din clipa aceea! Însă nu era cu putinţă: ascultându-i bătăile inimii, lângă urechea mea, în vreme ce mâna ei îmi mângâia părul, gânduri sumbre mi se învârteau în bezna minţii, ca într-o cavernă mocirloasă; aşteptau momentul să iasă, plescăind, grohăind surd în noroi.

XXVIII

S-au întâmplat lucruri foarte ciudate. Când ne-am întors acasă l-am găsit pe Hunter extrem de agitat (chiar dacă face parte dintre cei care cred că e de prost-gust să-ți manifești sentimentele); încerca să ascundă, dar se vedea clar că se petrecea ceva. Mimí plecase, și în sufragerie totul era pregătit pentru masă, deși era evident că întârziaserăm mult; de cum am sosit a început o mișcare rapidă și eficientă a servitorilor. În timpul mesei aproape că nu s-a vorbit. Am urmărit cuvintele și gesturile lui Hunter pentru că am intuit că vor arunca lumină asupra multor lucruri care mi se întâmplau și asupra unor idei pe care mi le întăreau. Am scrutat și fața Mariei; era de nepătruns. Pentru a diminua tensiunea, María spuse că citește un roman de Sartre. Vădit prost dispus, Hunter comentă:

— Romane în epoca asta! Să le scrii, mai treacă meargă... dar să le citești!

Am tăcut cu toții și Hunter n-a făcut nici un efort ca să atenueze efectele spuselor lui. Am înțeles că avea ceva împotriva Mariei. Însă, cum înainte de a ne duce la țărm nu se petrecuse nimic deosebit, am dedus că *acest ceva* împotriva Mariei se ivise cât noi fuseserăm pe țărm; era greu de crezut că n-ar fi fost din cauza acestei absențe sau, mai precis, din cauza răstimpului îndelungat pe care-l petrecuserăm acolo. Concluzia mea: Hunter e gelos, și asta dovedește că între el și ea e ceva mai mult decât o simplă relație de prietenie și de rudenie. Bineînțeles, nu era nevoie ca María să fie îndrăgostită de el; dimpotrivă, era mai ușor de crezut că Hunter se enervase văzând că ea le dădea atenție și altora. Oricum ar fi fost, dacă iritarea lui Hunter era provocată de gelozie, ar fi trebuit să se arate ostil față de mine, căci nu mai era nimeni altcineva cu noi. Și așa a și fost. Chiar dacă n-ar fi existat alte detalii, mi-ar fi fost de-ajuns privirea chiorâș pe care mi-a aruncat-o atunci când María a spus ceva despre faleză.

Am pretextat că sunt obosit și m-am dus în cameră îndată ce ne-am sculat de la masă. Intenția mea era să obțin cât mai multe date privitoare la această problemă. Am urcat scara, am deschis ușa camerei mele, am aprins lumina, am trântit ușa ca și când aș fi închis-o, dar am rămas în prag ascultând. Am auzit imediat glasul lui Hunter care rostea o frază tumultuoasă, dar n-am putut desluși cuvintele; n-a urmat nici un răspuns din partea Mariei. Hunter a mai spus o frază, mult mai lungă și mai tumultuoasă ca aceea de dinainte. María a spus câteva cuvinte în șoaptă, care s-au suprapus peste ultimele rostite de el, urmate de un zgomot de scaune. Peste o clipă am auzit paşii cuiva care urca scara. Am închis repede uşa după mine, dar am stat să ascult mai departe, cu urechea lipită de gaura cheii. După câteva clipe, am auzit paşi ce treceau prin faţa uşii mele: erau paşi de femeie. Am rămas multă vreme treaz, cu gândul la cele întâmplate şi încercând să prind orice fel de zgomot. Însă toată noaptea n-am mai auzit nimic.

N-am putut adormi: au început să mă chinuiască o fel de fel de gânduri care nu-mi trecuseră înainte prin minte. Mi-am dat seama curând că prima mea concluzie era o naivitate: mă gândisem (ceea ce-i drept) că nu e nevoie ca María să fie îndrăgostită de Hunter pentru ca el să fie gelos; concluzia asta mă liniştise. Acum înţelegeam că, deşi nu era nevoie, *nici nu era un inconvenient.*

María putea fi îndrăgostită de Hunter şi totuşi el să fie gelos.

Aşa stând lucrurile, existau oare motive pentru a crede că María are vreun sentiment pentru vărul ei? Sigur că existau motive. În primul rând, dacă el o agasa cu gelozia lui şi ea nu-l iubea, de ce venea atât de des la moşie? Aici nu locuia, de obicei, nimeni în afară de Hunter, care era singur (nu ştiam dacă era burlac, văduv sau divorţat, deşi cred că María îmi spusese odată că era despărţit de nevastă; în fine, important e că tipul locuia singur la moşie). În al doilea rând, un motiv pentru a considera suspectă relaţia dintre ei era faptul că María nu-mi vorbise niciodată despre Hunter decât cu indiferență, mai bine zis cu indiferența cu care se vorbește de un membru oarecare al familiei; dar nu-mi pomenise, nici nu insinuase vreodată că el ar fi îndrăgostit de ea și, cu atât mai puțin, că ar fi gelos. În al treilea rând, María îmi vorbise, în după-amiaza aceea, despre slăbiciunile ei. Ce-o fi vrut să spună cu asta? Îi mărturisisem în scrisoare o seamă de cusururi vrednice de dispreț (treaba cu bețiile și cea cu prostituatele), și acum îmi spunea că mă înțelege, că nici ea nu era doar vapoare care pleacă și parcuri în amurg. Ce putea să însemne asta decât că în viața ei erau lucruri la fel de obscure și vrednice de dispreț? Oare nu se putea ca și povestea cu Hunter să fie o pasiune josnică?

Mi-am tot bătut capul cu concluziile astea, analizându-le peste noapte din diferite perspective. Concluzia mea finală, pe care o consider riguroasă, a fost: *María este amanta lui Hunter.*

Cum s-a luminat de ziuă, am coborât scara cu valiza și cutia cu vopsele. Am dat peste un servitor care începuse să deschidă uși și ferestre pentru a face curățenie: l-am rugat să-i transmită stăpânului salutări din partea mea și să-i spună că fusesem obligat să mă întorc de urgență la Buenos Aires. Servitorul m-a privit uluit, mai ales când i-am zis, răspunzându-i la întrebare, că mă voi duce la gară pe jos.

A trebuit să aștept câteva ceasuri în gara micuță. Am crezut uneori că María avea să apară. Așteptam să se întâmple asta cu satisfacția amară pe care o simți când, în copilărie, te-ai ascuns pe undeva socotind că ai fost pedepsit pe nedrept şi aştepţi să vină cineva din familie să te caute şi să-şi recunoască greşeala. *Dar María n-a venit.* Când a sosit trenul şi am mai privit o dată înapoi, cu speranţa că o să apară în ultima clipă, m-a cuprins o tristeţe infinită văzând că nu vine.

Priveam pe fereastră, în vreme ce trenul gonea spre Buenos Aires. Am trecut pe lângă o fermă; o femeie, în pragul unei case, se uită la tren. Mi s-a năzărit un gând stupid: „Pe femeia asta o văd pentru prima şi ultima oară. N-am s-o mai văd în viaţa mea". Gândul îmi aluneca lin, precum o plută pe un râu necunoscut. A continuat o clipă să plutească în jurul femeii din faţa casei. Ce-mi păsa mie de femeia aceea? Dar nu puteam să nu mă gândesc că existase o secundă pentru mine şi că nu va mai exista niciodată; pentru mine era ca şi cum ar fi murit: o mică întârziere a trenului, cineva care s-o cheme înăuntru, şi femeia n-ar mai fi existat în veci în viaţa mea.

Totul mi se părea efemer, trecător, zadarnic, nedesluşit. Mintea nu-mi funcţiona bine, şi María îmi apărea iar şi iar ca o imagine incertă şi melancolică. Abia după câteva ore, gândurile mele aveau să-şi recâştige precizia şi violenţa din alte dăţi.

XXIX

Zilele de dinaintea morții Mariei au fost cele mai cumplite din viața mea. Mi-e cu neputință să povestesc cu precizie tot ce-am simțit, gândit și făcut, pentru că, deși îmi aduc aminte cu amănunte de necrezut multe din cele întâmplate, sunt ceasuri și chiar zile întregi care-mi apar ca niște vise tulburi și deformate. Am impresia că am petrecut zile în șir sub efectul alcoolului, trântit pe pat sau pe o bancă în Puerto Nuevo. Ajungând în gara Constitución, îmi amintesc foarte bine că am intrat într-un bar și am cerut mai multe pahare de whisky, unul după altul; apoi țin minte vag că m-am sculat de la masă, am luat un taxi și m-am dus la un bar de pe Strada 25 Mai sau poate de pe Leandro Alem. Urmează niște zgomote, muzică, strigăte, un râs care mă călca pe nervi, niște sticle sparte, lumini orbitoare. Pe urmă îmi amintesc celula de la comisariat unde zăceam, cu o durere îngrozitoare de cap, un gardian care deschidea ușa, un polițist care îmi spunea ceva, și apoi mă văd din nou bătând străzile și scărpinându-mă întruna. Cred că am intrat iar într-un bar. După ore (sau zile), cineva m-a lăsat la atelier. Am avut apoi nişte coşmaruri în care mergeam pe acoperişul unei catedrale. Ţin minte şi trezirea în camera mea, în beznă, şi îngrozitoarea idee că încăperea devenise infinit de mare şi că oricât fugeam nu-i puteam atinge pereţii. Nu ştiu cât timp o fi trecut până când cele dintâi lumini ale zorilor au intrat pe fereastră. Atunci m-am târât până în baie şi m-am băgat, îmbrăcat, în cadă. Apa rece a reuşit să mă calmeze şi au început să mi se ivească în minte câteva fapte răzleţe, deşi neclare şi fără legătură între ele, ca primele obiecte ce se văd ieşind la suprafaţă după o inundaţie mare: María pe stânci, Mimí ţinându-şi portţigaretul, gara Allende, un magazin în faţa gării care se numea „Încrederea" sau „Ferma", María întrebându-mă de schiţe, eu strigând: „Ce schiţe?", Hunter uitându-se la mine fioros, eu ascultând de sus de pe palier, cu înfrigurare, dialogul dintre veri, un marinar aruncând o sticlă, María venind spre mine cu ochi de nepătruns, Mimí rostind „Tchekhov", o femeie murdară sărutându-mă şi eu repezindu-i un pumn zdravăn, purici care mă pişcau pe tot corpul, Hunter vorbind de romane poliţiste, şoferul de la moşie. Au mai apărut şi crâmpeie de vise: iarăşi catedrala într-o noapte neagră, încăperea infinită.

Apoi, pe măsură ce apa rece mă dezmeticea, crâmpeiele au prins să se lege de altele care se iveau din străfundul conştiinţei mele, şi tot ansamblul s-a refăcut încetul cu încetul, însă cu tristețea și dezolarea acelor peisaje ce răsar din apă.

Am ieșit din baie, m-am dezbrăcat, mi-am pus haine uscate și m-am apucat să-i scriu Mariei. I-am scris mai întâi că doream să-i dau o explicație pentru fuga mea de la moșie (am șters „fuga“ și am pus „plecarea“). Am adăugat că apreciam mult atenția pe care mi-o arătase (am șters „mi“ și am pus „persoanei mele“). Că înțelegeam că era foarte bună și animată de sentimente curate, cu toate că, așa cum mi-a adus ea însăși la cunoștință, uneori prevalau niște „pasiuni josnice“. I-am mai spus că apreciam la justa ei valoare treaba cu plecarea unui vapor sau cu amurgul în parc, fără cuvinte, dar că, după cum putea să-și imagineze (am șters „să-și imagineze“ și am pus „să calculeze“), nu era de-ajuns pentru a păstra sau a dovedi dragostea: tot nu reușeam să înțeleg cum era cu putință ca o femeie ca ea să fie în stare să spună cuvinte de iubire bărbatului ei, și mie, în același timp în care se culca cu Hunter. Cu mențiunea agravantă, am adăugat, că se mai culca și cu bărbatul ei, și cu mine. În încheiere îi spuneam că, așa cum își putea da seama, o asemenea purtare dădea mult de gândit etc.

Am recitit scrisoarea și mi s-a părut că, mai ales cu schimbările făcute, era suficient de jignitoare. Am lipit plicul, m-am dus la Poșta Centrală și l-am expediat recomandat.

XXX

Îndată ce am ieşit de la poştă mi-am dat seama de două lucruri: nu spusesem în scrisoare de ce ajunsesem să cred că e amanta lui Hunter şi nu ştiam ce urmăresc rănind-o atât de necruţător: poate s-o fac să-şi schimbe felul de a fi, în caz că erau adevărate conjecturile mele? Asta era, evident, ridicol. S-o fac să vină în fugă la mine? Nu era de crezut că aş reuşi aşa ceva cu asemenea procedee. M-am gândit însă că, în străfundul sufletului, nu doream decât ca María să se întoarcă la mine. Dar atunci de ce să nu i-o spun direct, fără s-o rănesc, explicându-i că plecasem de la fermă pentru că am remarcat brusc că Hunter era gelos? La urma urmelor, concluzia mea că ea e amanta lui nu era numai jignitoare, ci şi cu desăvârşire gratuită; în orice caz, era o ipoteză pe care puteam s-o formulez cu singurul scop de a-mi orienta cercetările viitoare.

Aşadar făcusem iar o tâmpenie, din pricina obiceiului meu de a scrie scrisori foarte spontane şi a le trimite imediat. *Trebuie să păstrezi scrisorile importante cel puțin o zi*, până când vezi limpede toate consecințele posibile.

Rămânea o soluție disperată: recipisa! Am căutat-o prin toate buzunarele, dar n-am găsit-o: o aruncasem prostește pe undeva. M-am întors în fugă la poștă și m-am așezat la coadă la ghișeul pentru recomandate. Când mi-a venit rândul, am întrebat-o pe funcționară, făcând un îngrozitor și ipocrit efort de a zâmbi:

— Nu mă recunoașteți?

Femeia m-a privit speriată: precis că a crezut că sunt nebun. Ca să-i arăt că greșea, i-am spus că tocmai expediasem o scrisoare pentru moșia Los Ombues. Uimirea acelei proastei mi s-a părut că sporește și, poate din dorința de a o împărtăși sau de a cere un sfat pentru ceva ce nu reușea să înțeleagă, a întors capul spre un coleg; apoi s-a uitat din nou la mine.

— Am pierdut recipisa.

Nici un răspuns.

— Vreau să spun că am nevoie de scrisoare și n-am recipisa, am adăugat.

Femeia și celălalt funcționar s-au privit, preț de o secundă, ca doi parteneri la un joc de cărți.

În sfârșit, cu tonul cuiva profund uimit, m-a întrebat:

— Vreți să vi se restituie scrisoarea?

— Da.

— Și nici măcar n-aveți recipisa?

A trebuit să recunosc că, într-adevăr, n-aveam documentul acela atât de important. Uimirea femeii ajunsese la culme. A bâiguit ceva de neînţeles şi i-a mai aruncat o privire colegului.

— Vrea să i se dea înapoi o scrisoare, a spus împleticit.

Celălalt a zâmbit cu infinită stupiditate, dar cu intenţia de a se arăta mai activ. Femeia m-a privit şi mi-a zis:

— E absolut imposibil.

— Vă pot arăta acte, i-am răspuns, scoţând nişte hârtii.

— Nu am ce face. Regulamentul e categoric.

— Regulamentul, cred că înţelegeţi, trebuie să respecte logica! m-am răstit eu, simţind cum începe să mă enerveze o aluniţă cu fire lungi de păr de pe obrazul femeii.

— Dumneavoastră cunoaşteţi regulamentul? m-a întrebat ironic.

— Nu-i nevoie să-l cunosc, doamnă, am răspuns cu răceală, conştient că adresarea *doamnă* trebuie s-o fi rănit mortal.

Ochii harpiei străluceau acum de indignare.

— Înţelegeţi, doamnă, că regulamentul nu poate fi ilogic: trebuie să fi fost făcut de un om normal, nu de un nebun. Dacă eu expediez o scrisoare şi imediat o cer înapoi pentru că am uitat ceva esenţial, logic e să se dea curs rugăminţii mele. Sau poate poşta are vreun interes să expedieze scrisori incomplete ori greşite? E perfect clar şi justificat că poşta e un mijloc de comunicare, nu un mijloc de constrângere: poşta nu mă poate *obliga* să trimit o scrisoare dacă eu nu vreau.

— Dar aţi vrut, a răspuns.

— Da! am strigat. Dar vă repet că *acum nu mai vreau*!

— Nu strigați, nu fiți prost-crescut. Acum e prea târziu.

— Nu-i prea târziu, fiindcă scrisoarea e aici, am spus, arătând spre coșul cu scrisori de expediat.

Lumea începea să protesteze zgomotos. Fața fetei bătrâne tremura de furie. Am simțit, copleșit de scârbă, că toată ura mi se concentrează asupra aluniței.

— Vă pot dovedi că sunt persoana care a trimis scrisoarea, am repetat, arătându-i niște documente.

— Nu țipați, că nu-s surdă, a spus din nou. Eu nu pot lua o astfel de decizie.

— Vorbiți atunci cu șeful.

— Nu pot. E prea multă lume care așteaptă. Aici avem de lucru, nu glumă, înțelegeți?

— Problema asta face parte tot din obligațiile dumneavoastră de serviciu, i-am explicat.

Câțiva dintre cei care așteptau la coadă i-au propus să-mi dea odată înapoi scrisoarea și să treacă mai departe. Femeia a șovăit câteva clipe, prefăcându-se că e ocupată cu altceva; în sfârșit, s-a dus înăuntru și, după un răstimp destul de lung, s-a întors cu un aer plouat. S-a apucat să caute în coș.

— Ce adresă? a întrebat cu un soi de șuierat de viperă.

— Moșia Los Ombues, am răspuns cu un calm veninos.

După o căutare dinadins prelungită, a luat scrisoarea în mână și a început s-o examineze de parcă i s-ar fi oferit de vânzare și se îndoia dacă s-o cumpere.

— N-are decât inițialele și adresa.

— Și?

— Ce documente aveți ca să-mi dovediți că sunteți persoana care a expediat scrisoarea?

— Am ciorna, am spus, arătându-i-o.

A luat-o, a privit-o și mi-a dat-o înapoi.

— Și cum știm că e ciorna scrisorii?

— Foarte simplu: deschidem plicul și putem verifica.

Femeia a stat în cumpănă o clipă, s-a uitat la plicul închis și apoi a decretat:

— Păi cum să deschidem scrisoarea asta dacă nu știm că e a dumneavoastră? Eu nu pot face așa ceva.

Lumea a început să protesteze iar. Aveam chef să fac o nebunie.

— Documentul ăsta nu-i bun, a conchis harpia.

— Vi se pare că e de-ajuns cartea de identitate? am întrebat cu politețe plină de ironie.

— Cartea de identitate?

A rămas pe gânduri, s-a uitat încă o dată la plic și apoi a declarat:

— Nu, doar cartea de identitate nu, pentru că aici nu-s decât inițialele. Va trebui să-mi arătați și un certificat care să ateste domiciliul. Sau, dacă nu, livretul militar, pentru că acolo figurează adresa.

S-a mai gândit o clipă și a adăugat:

— Deşi e greu de crezut că nu v-aţi schimbat domiciliul de când aveaţi optsprezece ani. Aşa încât aproape sigur veţi avea nevoie şi de certificatul cu domiciliul.

O furie nestăvilită a explodat în sfârşit în mine şi am simţit că o include şi pe María şi, ce-i mai curios, şi pe Mimí.

— Trimite-o aşa şi du-te naibii! i-am strigat şi am lăsat totul baltă.

Am ieşit de la poştă într-o dispoziţie îngrozitoare, ba chiar m-am întrebat dacă, întorcându-mă la ghişeu, n-aş putea da cumva foc coşului cu scrisori. Dar cum? Aruncând un chibrit? Se poate stinge lesne în aer. Stropind înainte cu puţină benzină, efectul ar fi sigur; însă asta complica lucrurile. Oricum, m-am gândit să aştept ieşirea personalului din tură şi s-o insult pe fata bătrână.

XXXI

După un ceas de aşteptare, m-am hotărât să plec. Ce puteam câştiga, la urma urmei, insultând-o pe imbecila aia? Pe de altă parte, în acest răstimp am tot analizat o serie de reflecţii care până la urmă m-au liniştit: scrisoarea era foarte bună şi era bine să ajungă în mâinile Mariei. (Mi s-a mai întâmplat aşa de multe ori: lupt prosteşte cu un obstacol care mă împiedică să fac ceva ce consider necesar sau potrivit, accept cu turbare înfrângerea şi, în sfârşit, după o vreme, constat că destinul avea dreptate.) De fapt, atunci când m-am apucat să scriu scrisoarea, am făcut-o fără să stau prea mult pe gânduri, ba chiar unele fraze care răneau mi se păreau nemeritate. Dar, în momentul acela, gândindu-mă iar la toate cele întâmplate înainte de episodul cu scrisoarea, mi-am amintit într-o străfulgerare un vis pe care l-am avut în una din nopţile de beţie: spionând dintr-o ascunzătoare, mă vedeam pe mine însumi stând pe un scaun în mijlocul unei încăperi sumbre, fără mobile sau obiecte decorative, şi în spatele meu, două persoane care se priveau cu o expresie de ironie diabolică: María şi Hunter.

Când mi-am amintit visul acesta, o tristeţe fără margini a pus stăpânire pe mine. Am plecat din faţa poştei şi am mers anevoie la întâmplare.

După o vreme m-am pomenit la Recoleta, pe o bancă sub un copac uriaş. Locurile, copacii, cărările din momentele noastre cele mai fericite au început să-mi schimbe gândurile. În definitiv, ce aveam *în mod concret* împotriva Mariei? Cele mai frumoase clipe de dragoste ale noastre (o expresie a ei, o privire duioasă, mâna ei mângâindu-mi părul) mi se strecurau uşurel în suflet, cu aceeaşi grijă cu care ridici o fiinţă dragă ce a suferit un accident şi nu trebuie să s-o clatini absolut deloc. M-am ridicat încet de pe bancă, tristeţea mi se prefăcu în ardoare, ura împotriva Mariei în ură faţă de mine însumi şi lâncezeala într-o bruscă nevoie de a mă întoarce în fugă acasă. Îndreptându-mă spre atelier, mi-am dat seama ce anume voiam să fac: să-i vorbesc, s-o sun la telefon la moşie, neîntârziat, fără să mai pierd timp. Cum de nu mă gândisem mai înainte la asta?

Când mi s-a dat legătura, aproape că nu mai aveam putere să scot un cuvânt. A răspuns un servitor. I-am spus că trebuie să vorbesc urgent cu doamna María. După câteva clipe, aceeaşi voce îmi spuse că doamna María avea să mă sune ea cam într-o oră.

Aşteptarea mi s-a părut fără sfârşit.

Nu-mi amintesc prea bine discuția de la telefon, dar știu că, în loc să-i cer iertare pentru scrisoare (motivul care mă determinase să-i telefonez), i-am spus până la urmă niște cuvinte și mai groaznice decât cele pe care i le scrisesem. Sigur că lucrurile nu s-au petrecut nejustificat; adevărul e că mai întâi i-am vorbit cu umilință și căldură, dar a început să mă exaspereze tonul ei îndurerat și faptul că nu răspundea la nici una din întrebările mele precise, ca de obicei. Dialogul, mai bine zis monologul, a devenit tot mai violent, și ea părea din ce în ce mai întristată, iar asta mă exaspera și mai tare, pentru că eu eram pe deplin convins de dreptatea mea și de netemeinicia suferinței ei. La sfârșit i-am strigat că o să mă omor, că e o prefăcută și am nevoie s-o văd imediat, la Buenos Aires.

N-a răspuns la nici una din întrebările mele precise, dar în cele din urmă, la insistența și amenințările mele cu sinuciderea, mi-a promis să vină a doua zi la Buenos Aires, „deși nu știe pentru ce".

— Tot ce vom reuși, adăugă cu un glas foarte slab, e să ne rănim crunt, o dată în plus.

— Dacă nu vii, mă omor, i-am repetat. Gândește-te bine înainte de a lua o hotărâre.

Am închis telefonul fără să mai adaug nimic, și în momentul acela eram cu adevărat hotărât să mă omor dacă nu venea să lămurească lucrurile. Am simțit o stranie satisfacție luând hotărârea asta. „O să vadă ea", mi-am zis, de parcă era vorba de o răzbunare.

XXXII

Ziua aceea a fost detestabilă.

Am plecat din atelier furios. Deşi aveam s-o văd a doua zi, eram nemângâiat şi simţeam o ură surdă şi tulbure. Acum cred că era împotriva mea, fiindcă ştiam că în fond insultele mele cele mai necruţătoare n-aveau nici un temei. Însă mă înnebunea faptul că ea nu se apăra, iar vocea ei îndurerată şi umilă, departe de a mă linişti, mă întărâta şi mai tare.

Mă dispreţuiam. În seara aceea am început să beau mult şi am sfârşit căutând ceartă într-un bar de pe Leandro Alem. M-am legat de femeia care mi s-a părut cea mai depravată şi apoi m-am luat la bătaie cu un marinar pentru că i-a făcut o glumă obscenă. Nu-mi mai amintesc ce s-a petrecut pe urmă, în afară de faptul că am început să ne batem şi că lumea ne-a despărţit în toiul unei mari veselii. Apoi îmi amintesc că eram cu femeia aceea pe stradă. Răcoarea mi-a făcut bine. În zori am dus-o la atelier. Când am ajuns, s-a apucat să râdă de un tablou de pe un şevalet. (Nu ştiu dacă v-am spus că, de la scena din fereastră, pictura mea s-a transformat încetul cu încetul: ca şi cum fiinţele şi lucrurile din tablourile mele de până atunci suferiseră un cataclism cosmic. Voi mai vorbi despre asta mai departe, căci acum vreau să povestesc ce s-a întâmplat în zilele acelea hotărâtoare.) Râzând, femeia s-a uitat mai întâi la tablou şi apoi la mine, cerându-mi parcă o explicaţie. Cum vă închipuiţi, nu-mi păsa câtuşi de puţin de părerea pe care nenorocita aia şi-o putea face despre arta mea. I-am spus să nu pierdem timpul cu prostii.

Eram în pat, când m-a străfulgerat o idee îngrozitoare: expresia romåncei semăna cu cea pe care o văzusem odată pe chipul Mariei.

— Târfă! am strigat înnebunit, îndepărtându-mă scârbit. Sigur că-i o târfă!

Romånca a ţâşnit ca o viperă şi m-a muşcat de braţ până la sânge. Credea că mă refer la ea. Plin de dispreţ şi de ură pentru întreaga omenire, am scos-o cu lovituri de picior din atelier şi i-am spus că o s-o omor ca pe un câine dacă nu se cară imediat. A plecat înjurându-mă în gura mare, în ciuda banilor pe care i-am aruncat după ea.

Multă vreme am rămas descumpănit în mijlocul atelierului, neştiind ce să fac şi nereuşind să-mi pun în ordine sentimentele şi gândurile. În sfârşit m-am hotărât: m-am dus la baie, am umplut cada cu apă rece, m-am dezbrăcat şi am intrat. Voiam să-mi limpezesc ideile, aşa că am stat acolo până m-am răcorit de-a binelea. Încetul cu încetul, am izbutit să-mi pun creierul în funcțiune. M-am străduit să judec cu maximă rigoare, fiindcă intuiam că ajunsesem într-un moment decisiv. La ce trebuia să mă gândesc mai întâi? Mai multe cuvinte îmi veniră în minte ca răspuns la întrebarea pusă mie însumi: româncă, María, prostituată, plăcere, simulare. Mi-am zis: cuvintele astea trebuie să reprezinte faptul esențial, adevărul profund de la care trebuie să pornesc. Am făcut eforturi repetate pentru a le așeza în ordinea cuvenită, până am reușit să formulez ideea în această formă teribilă, dar neîndoielnică: *María și prostituata au avut o expresie asemănătoare; prostituata simula plăcere: prin urmare, și María simula plăcere; María e o prostituată.*

— Târfa, târfa, târfa! am strigat sărind din cadă.

Mintea îmi funcționa cu ferocitatea lucidă din zilele cele mai bune: am văzut limpede că trebuie să pun capăt și să nu mă las ademenit încă o dată de vocea ei îndurerată și de talentul ei actoricesc. Trebuia să mă las călăuzit numai de logică și să cercetez, fără teamă, până la ultimele lor consecințe, cuvintele suspecte, gesturile, tăcerile echivoce ale Mariei.

Mi se părea că imaginile unui coșmar se perindă cu repeziciune în lumina unui reflector monstruos. Pe când mă îmbrăcam în grabă, mi-au trecut prin față toate momentele îndoielnice: cea dintâi conversație la telefon, cu uimitoarea ei capacitate de simulare și îndelungata practică dezvăluită de schimbările tonului vocii; umbrele obscure din jurul Mariei, care se trădau prin atâtea fraze enigmatice; şi teama aceea a ei de „a nu-mi face rău“, care nu putea însemna decât „îţi voi face rău cu minciunile, cu inconsecvenţele, cu faptele mele ascunse, cu simularea sentimentelor şi senzaţiilor“, căci nu-mi putea face rău iubindu-mă cu adevărat; şi episodul dureros cu chibritul; şi faptul că la început îmi respingea până şi sărutările; şi cedarea fizică, numai atunci când o pusesem în situaţia extremă de a-mi mărturisi aversiunea ei sau, în cel mai bun caz, simţul matern sau fratern al dragostei sale, ceea ce, de bună seamă, mă împiedica să cred în dovezile ei de plăcere, în cuvintele şi expresia extaziată a chipului ei; şi pe deasupra chiar experienţa ei sexuală, care cu greu putea fi căpătată cu un filozof stoic ca Allende; şi răspunsurile despre dragostea faţă de soţ, care nu făceau decât să-i confirme o dată în plus capacitatea de a înşela, cu sentimente şi senzaţii false; şi cercul familial, alcătuit dintr-o colecţie de ipocriţi şi mincinoşi; şi aplombul şi priceperea cu care-i trăsese pe sfoară pe cei doi veri cu inexistentele schiţe din port; şi scena din timpul mesei, la moşie, discuţia din sufragerie şi gelozia lui Hunter; şi cuvintele acelea care-i scăpaseră pe faleză: „cum mă mai înşelasem odată“: cu cine?, când?, cum?; şi faptele „cumplite şi crunte“ cu celălalt văr, vorbe care îi scăpaseră tot fără voia ei, după cum a dovedit-o nerăspunzând rugăminţii mele de a le desluşi, fiindcă nu mă auzea, pur şi simplu nu mă auzea, adâncită în acele amintiri din copilărie, deşi era poate singura confesiune sinceră pe care mi-o făcuse; şi, în sfârşit, scena oribilă cu romånca, sau rusoaica, sau ce-o fi fost. Iar animalul ăla murdar care râsese de tablourile mele şi făptura gingaşă care mă inspirase când le-am creat aveau aceeaşi expresie într-un moment al vieţii lor! Dumnezeule mare, cât de dezamăgit puteam fi de natura omenească, la gândul că între anumite crâmpeie din Brahms şi o cloacă există pasaje subterane tainice şi tenebroase!

XXXIII

Multe din concluziile pe care le-am tras după acel examen lucid, dar fantasmagoric erau ipotetice, nu le puteam demonstra, deşi aveam certitudinea că nu greşesc. Brusc mi-am dat însă seama că neglijasem până atunci o importantă posibilitate de investigaţie: părerea altor persoane. Cu o satisfacţie feroce şi o claritate mai vie ca oricând, m-am gândit pentru prima oară la acest procedeu şi la persoana indicată: Lartigue. Era prieten cu Hunter, prieten bun. Bineînţeles că şi el era un individ vrednic de dispreţ: scrisese un volum de poezii despre zădărnicia a tot ce e omenesc, şi se plângea că nu-i dăduseră Premiul Naţional. N-aveam să mă opresc din pricina scrupulelor. Plin de dezgust, dar cu hotărâre, i-am telefonat, i-am spus că trebuie să-l văd de urgenţă, m-am dus la el acasă, i-am lăudat volumul de versuri şi (spre marea lui neplăcere, fiindcă voia să vorbim mai departe de el) i-am pus pe neaşteptate o întrebare pregătită dinainte:

— De cât timp este María Iribarne amanta lui Hunter?

Mama nu ne întreba niciodată dacă mâncaserăm un măr, pentru că am fi tăgăduit; ne întreba *câte*, dând drept ceva sigur, cu viclenie, ceea ce voia să afle: dacă mâncaserăm sau nu; iar noi, înşelaţi de nuanţa asta cantitativă strecurată subtil, răspundeam că mâncaserăm *doar* un măr.

Lartigue e vanitos, dar nu şi prost; a bănuit ceva misterios în întrebarea mea şi a crezut că se eschivează răspunzând:

— Nu ştiu nimic de asta.

Şi s-a apucat să vorbească iar de carte şi de premiu. Cu adevărată revoltă, i-am strigat:

— Ce nedreptate colosală ţi-au făcut cu cartea!

Am plecat în mare grabă. Lartigue nu e prost, însă nu şi-a dat seama că vorbele lui au fost de-ajuns.

Era trei după-amiaza. María trebuia să fi sosit deja în Buenos Aires. Am sunat-o la telefon dintr-o cafenea: n-aveam răbdare să ajung la atelier. Îndată ce mi-a răspuns, i-am spus:

— Trebuie să te văd chiar acum.

Am încercat să-mi ascund ura, pentru că mi-era teamă să nu bănuiască ceva şi să nu vină la întâlnire. Ne-am înţeles să ne vedem la cinci la Recoleta, în locul nostru de totdeauna.

— Deşi nu văd ce-o să câştigăm, a adăugat cu tristeţe.

— Multe, i-am răspuns, multe lucruri.

— Crezi? m-a întrebat pe un ton disperat.

— Bineînţeles.

— Eu cred că n-o să reuşim decât să ne facem şi mai mult rău, să distrugem şi mai tare fragila punte care ne uneşte, să ne rănim cu şi mai mare cruzime... Am venit fiindcă ai insistat atâta, dar trebuia să fi rămas la moşie: Hunter e bolnav.

„Altă minciună“, mi-am zis.

— Mulţumesc, am răspuns sec. Rămâne deci să ne vedem la cinci fix.

María a acceptat oftând.

XXXIV

Înainte de cinci eram la Recoleta, pe banca unde ne întâlneam de obicei. Moralul meu, oricum sumbru, s-a prăbuşit de-a binelea la pământ văzând copacii, cărările şi băncile care fuseseră martori ai iubirii noastre. M-am gândit, cu o melancolie plină de deznădejde, la clipele pe care le petrecuserăm în parcurile acelea din Recoleta şi din Plaza Francia, şi cum crezusem, în zilele acelea ce păreau acum infinit de departe, în eternitatea dragostei noastre. Totul fusese atunci miraculos, halucinant, iar acum totul era întunecos şi îngheţat, într-o lume lipsită de sens, nepăsătoare. Pentru o clipă, spaima de a nu distruge rămăşiţele ce mai dăinuiau din iubirea noastră şi de a nu rămâne cu desăvârşire singur m-a făcut să şovăi. Mi-am zis că e cu putinţă să las la o parte toate îndoielile care mă torturau. Ce-mi păsa ce făcea María când nu eram doar noi doi? Văzând băncile acelea, copacii aceia, m-am gândit că n-aş putea în veci să mă resemnez să-i pierd sprijinul, chiar dacă n-ar fi decât în clipele acelea de comunicare, de iubire misterioasă ce ne uneau. Cu cât reflectam mai mult la toate astea, cu atât mă obişnuiam cu ideea de a-i accepta iubirea aşa cum e, fără condiţii, fiind tot mai terorizat la gândul de a nu rămâne fără nimic, fără absolut nimic. Şi din groaza asta s-a înfiripat şi a prins să crească o modestie cum au numai fiinţele care nu pot alege. În cele din urmă, am simţit cum pune stăpânire pe mine o bucurie năvalnică, căci mi-am dat seama că nimic nu era pierdut şi că, din clipa aceea de luciditate, putea începe o nouă viaţă.

Din nefericire, María m-a înşelat o dată în plus. La cinci şi jumătate, alarmat, înnebunit, i-am telefonat din nou. Mi s-a spus că plecase pe neaşteptate la moşie. Fără să-mi dau seama ce fac, i-am strigat servitoarei:

— Dar ne-am înţeles să ne întâlnim la cinci!

— Eu nu ştiu nimic, domnule, mi-a răspuns puţin speriată. Doamna abia a plecat cu maşina şi a zis că va rămâne acolo o săptămână cel puţin.

O săptămână cel puţin! Mi se părea că lumea se năruie şi că totul devine de necrezut şi zadarnic. Am ieşi din cafenea ca un lunatic. Am văzut lucruri absurde: felinare, oameni care mergeau dintr-o parte în alta, de parcă asta avea vreo noimă. Şi cum o mai rugasem s-o văd în după-amiaza aceea! Şi cât de tare aveam nevoie de ea! Eram gata să-i cer atât de puţin, să-i cerşesc! Însă, mi-am zis cu amărăciune devastatoare, între a mă consola pe mine într-un parc şi a se culca cu Hunter la moşie n-a putut sta la îndoială. Şi îndată ce m-am gândit la asta, m-a străfulgerat o idee. Nu, mai bine zis, o certitudine. Am străbătut în fugă mica distanță până la atelier și de acolo am sunat iar la Allende acasă. Am întrebat dacă doamna primise un telefon de la moșie înainte de a pleca.

— Da, mi-a răspuns servitoarea, după o mică ezitare.

— Un telefon de la domnul Hunter, nu?

Servitoarea șovăi din nou. Am remarcat cele două momente de ezitare.

— Da, răspunse în cele din urmă.

O amărăciune triumfătoare mă stăpânea acum ca un demon. Așa cum bănuisem! Mă domina în același timp un sentiment de infinită singurătate și un orgoliu smintit: orgoliul de a nu mă fi înșelat.

M-am gândit la Mapelli.

Am dat să plec valvârtej, când mi-a venit o idee. M-am dus în bucătărie, am luat un cuțit mare și m-am întors în atelier. Ce puțin rămânea din vechea pictură a lui Juan Pablo Casel! Vor avea de ce să se minuneze imbecilii ăia care mă comparaseră cu un arhitect! De parcă un om s-ar putea schimba cu adevărat! Câți oare dintre tâmpiții ăia ghiciseră că, dincolo de structurile mele arhitectonice și de „caracterul intelectual", era un vulcan gata să izbucnească? Nici unul. Vor avea timp cu prisosință pentru a vedea coloanele astea sfărâmate, statuile mutilate, ruinele fumegânde, scările ce duc în infern! Erau acolo, ca un muzeu de coșmaruri încremenite, un Muzeu al Disperării și Rușinii. Era însă ceva ce voiam să distrug fără a lăsa nici o urmă. Am privit tabloul pentru ultima oară, am simţit că gâtlejul mi se strângea dureros, dar n-am şovăit: am văzut tulbure, printre lacrimi, cum cădeau în bucăţi ţărmul acela, femeia aceea îndepărtată, plină de ardoare, aşteptarea aceea. Am călcat în picioare fâşiile de pânză până le-am prefăcut în nişte zdrenţe murdare. Niciodată aşteptarea aceea fără rost nu va mai primi un răspuns! Ştiam acum mai bine ca oricând că această aşteptare era cu desăvârşire zadarnică!

Am alergat acasă la Mapelli, dar nu l-am găsit: mi s-a spus că era probabil la librăria Viau. M-am dus la librărie, l-am întâlnit, l-am luat deoparte de braţ, i-am spus că aveam nevoie de maşina lui. M-a privit cu uimire: m-a întrebat dacă s-a întâmplat ceva grav. Nu mă gândisem la nimic, dar mi s-a năzărit să-i spun că tata era foarte bolnav şi n-aveam tren până a doua zi. S-a oferit să mă ducă el, dar am refuzat: i-am zis că preferam să merg singur. S-a uitat iar la mine uimit, însă mi-a dat până la urmă cheile.

XXXV

Era şase seara. Am calculat că puteam ajunge cu maşina lui Mapelli în patru ceasuri, aşa încât pe la zece aveam să fiu acolo. „O oră bună“, mi-am zis.

Cum am intrat pe autostrada spre Mar del Plata, am accelerat până la o sută treizeci de kilometri şi am început să simt o voluptate ciudată, pe care acum o pun pe seama certitudinii că, în sfârşit, aveam să ajung la ceva concret cu ea. Cu ea, care fusese ca o fiinţă în spatele unui zid de sticlă de netrecut, pe care eu o puteam vedea, dar nu şi auzi ori atinge; şi astfel, despărţiţi de zidul de sticlă, trăiserăm tânjind, copleşiţi de melancolie.

În această voluptate se iveau şi dispăreau sentimente de vinovăţie, de ură şi de iubire; simulase că e vorba de o boală, şi asta mă durea; pe bună dreptate telefonasem a doua oară acasă la Allende şi aflasem adevărul, şi asta mă umplea de tristeţe. Ea, María, putea râde cu frivolitate, se putea dărui acestui cinic, acestui muieratic, acestui pretins poet înfumurat! Cât o dispreţuiam! Am încercat cu voluptate dureroasă să-mi imaginez această ultimă decizie a ei în forma cea mai respingătoare: de o parte mă aflam eu, era înțelegerea de a ne întâlni după-amiază; pentru ce? ca să vorbim de lucruri tulburi și violente, să mai stăm o dată față în față despărțiți de zidul de sticlă, să ne privim ochii cu ardoare și deznădejde, să ne străduim să ne înțelegem semnele, să dorim în zadar să ne atingem, să ne pipăim, să ne mângâiem prin zidul de sticlă, să visăm încă o dată visul acesta imposibil. De partea cealaltă se afla Hunter și era de-ajuns să pună mâna pe telefon și s-o cheme pentru ca ea să dea fuga în patul lui. Ce grotesc, ce trist era totul!

Am ajuns la moșie la zece și un sfert. Am lăsat mașina pe șosea ca să nu atrag atenția cu zgomotul motorului și am luat-o pe jos. Căldura era insuportabilă; se simțea o liniște copleșitoare și nu se auzea decât vuietul mării. La răstimpuri, lumina lunii străbătea printre norii grei și am putut merge fără greutate, printre eucalipți, pe drumul ce ducea la intrare. Când am ajuns aproape de casă, am văzut luminile aprinse la parter; mi-am zis că trebuiau să mai fie încă în sufragerie.

Se simțea zăpușeala neclintită și amenințătoare de dinaintea furtunilor violente de vară. Era firesc să iasă din casă după ce termină masa. M-am ascuns într-un loc din grădină de unde puteam vedea cine apare pe scara din față și am așteptat.

XXXVI

A fost o aşteptare nesfârşită. N-am habar cât timp a trecut după ceas, nu ştiu nimic despre timpul anonim şi universal al ceasurilor, străin de sentimentele noastre, de destinul nostru, de înfiriparea sau năruirea unei iubiri, de aşteptarea morţii. Dar propriul meu timp a fost o imensitate întortocheată, plină de impulsuri şi întoarceri înapoi, un fluviu ascuns şi tumultuos uneori, alteori extrem de lin, aproape o mare încremenită şi veşnică unde María şi cu mine stăteam faţă în faţă, contemplându-ne în extaz, iar alteori redevenea fluviu şi ne purta ca într-un vis spre vremea copilăriei, şi eu o vedeam fugind în goană pe calul ei, cu pletele-n vânt şi ochi halucinanţi, şi mă vedeam în satul meu din sud, în odaia mea de bolnav, cu faţa lipită de sticla ferestrei, privind zăpada cu ochi de asemenea halucinanţi. Parcă am fi trăit amândoi în culoare sau tuneluri paralele, neştiind că eram unul lângă altul, ca suflete gemene în timpuri gemene, pentru a ne întâlni la capătul acestor culoare, în faţa unei scene pictate de mine, ca o cheie destinată numai ei, ca o înştiinţare secretă că eu eram acolo, şi culoarele se uniseră în sfârşit, şi ora întâlnirii sosise.

Ora întâlnirii sosise! Însă culoarele se uniseră oare cu adevărat şi sufletele noastre îşi vorbiseră? Ce iluzie stupidă din parte-mi fusese totul! Nu, culoarele erau mai departe paralele ca înainte, chiar dacă acum zidul despărţitor era ca de sticlă şi eu o puteam vedea pe María ca o siluetă tăcută şi de neatins ... Nu, nici măcar zidul acesta nu era întotdeauna aşa: uneori era iarăşi din piatră neagră, şi atunci eu nu ştiam ce se petrece de partea cealaltă, nici ce face ea în aceste intervale anonime, şi nici ce lucruri stranii se întâmplă; ba chiar mă gândeam că în momentele astea chipul ei se schimbă, deformat de o strâmbătură batjocoritoare, că poate râde împreună cu celălalt, că toată povestea cu culoarele e o ridicolă născocire sau credinţă a mea şi că în *orice caz, exista un singur tunel, întunecat şi singuratic: al meu, tunelul unde îmi petrecusem copilăria, tinereţea, întreaga viaţă.* Şi într-una din porţiunile transparente ale zidului de piatră o văzusem pe fata aceasta şi crezusem cu naivitate că venea prin celălalt tunel, paralel cu al meu, când în realitate aparţinea lumii necuprinse, lumii fără margini a celor care nu trăiesc în tuneluri; poate se apropiase din curiozitate de una dintre ferestrele mele stranii şi zărise spectacolul singurătăţii mele fără leac, sau se simţise intrigată de limbajul mut, cheia tabloului meu. Şi atunci, în vreme ce eu înaintam mereu pe culoarul meu, ea îşi trăia afară viaţa ei normală, viaţa aceea curioasă şi absurdă în care există baluri şi petreceri şi veselie şi frivolitate. Iar câteodată se întâmpla ca, atunci când eu treceam prin dreptul uneia dintre ferestrele mele, ea să stea aşteptându-mă, fără grai şi cu ardoare (de ce aşteptându-mă? de ce fără grai şi cu ardoare?); însă uneori se întâmpla să nu ajungă la timp sau să uite de biata fiinţă închisă acolo, şi atunci eu, cu faţa lipită de zidul de sticlă, o vedeam în depărtare zâmbind sau dansând nepăsătoare sau, şi mai rău, n-o vedeam deloc şi mi-o închipuiam în locuri inaccesibile sau mizerabile. Şi atunci simţeam că destinul meu era infinit mai solitar decât mi-l imaginasem.

XXXVII

După acest nesfârşit timp de mări şi tuneluri, au coborât pe scara din faţă. Când i-am văzut braţ la braţ, am simţit că inima mi se face de piatră şi rece, ca o bucată de gheaţă.

Au coborât alene, de parcă n-ar fi avut nici o grabă. „Grabă pentru ce?" mi-am zis cu amărăciune. Şi totuşi ştia că am nevoie de ea, că o aşteptasem după-amiază, că suferisem îngrozitor în fiecare minut al aşteptării zadarnice. Şi totuşi ea *ştia* că, în clipa aceea, când ea se bucura în linişte, eu mă chinuiam într-un minuţios infern de raţionamente, de închipuiri. Ce bestie necruţătoare, crudă şi spurcată poate să se ascundă în inima celei mai gingaşe femei! Ea putea să privească cerul furtunos, aşa cum făcea în acest moment, şi să se plimbe la braţul lui (la braţul acestui individ grotesc!), să se plimbe încet la braţul lui prin parc, să inspire senzual mireasma florilor, să se aşeze lângă el pe iarbă, ştiind totuşi că în chiar secunda asta eu, care o aşteptasem în zadar, care trebuie să fi telefonat la ea acasă şi să fi aflat de plecarea ei la moşie, zăceam pesemne într-un pustiu întunecos, torturat de neobosiţi viermi flămânzi ce-mi devorează viscerele.

Şi stătea de vorbă cu monstrul ăsta ridicol! Despre ce oare putea vorbi María cu personajul ăsta detestabil? Şi în ce fel de limbaj?

Sau poate că eu eram monstrul ridicol? Nu vor fi râzând de mine în clipa asta? Nu voi fi fiind eu prostul, bărbatul caraghios cu tunelul şi mesajele secrete?

S-au plimbat îndelung prin parc. Furtuna stătea să se dezlănţuie peste noi, neagră, brăzdată de fulgere şi tunete. Vântul din pampas bătea cu putere şi au început să cadă cele dintâi picături. Au fost nevoiţi să dea fuga în casă. Inima a prins să-mi bată dureros de violent. Din ascunzătoarea mea, printre copaci, am simţit că voi asista, în sfârşit, la dezvăluirea unui secret înfiorător, dar pe care mi-l închipuisem adesea.

Am pândit luminile de la primul etaj, care era încă în întregime cufundat în beznă. În scurt timp am văzut că se aprindea lumina din dormitorul de la mijloc, cel al lui Hunter. Până aici totul era normal: dormitorul lui Hunter era chiar în dreptul scării şi era logic să fie primul iluminat. Acum trebuia să se aprindă lumina şi în celălalt. Bătăile sălbatice ale inimii mele au măsurat tumultuos secundele în care María ar fi putut ajunge din capul scării în camera ei.

Însă lumina de acolo nu s-a aprins.

Dumnezeule Doamne, nici n-am puterea să spun ce senzaţie sfâşietoare de singurătate mi-a pustiit sufletul! Ca şi când ultimul vapor ce m-ar fi putut salva de pe insula mea deşartă ar fi trecut în depărtare, fără să ia aminte la semnalele mele disperate. Trupul mi s-a năruit încet, de parcă i-ar fi sunat ceasul să îmbătrânească.

XXXVIII

Pândind printre copacii scuturați de furtună, ud până la piele, am simțit că timpul trece implacabil. Până când ochii mei, umeziți de ploaie și de lacrimi, au văzut o lumină aprinzându-se în celălalt dormitor.

Ce s-a întâmplat apoi îmi stăruie în minte ca un coșmar. Luptându-mă cu furtuna, m-am cățărat până la etaj pe gratiile unei ferestre. Am străbătut terasa până am dat de o ușă. Am intrat pe coridor și i-am căutat dormitorul: dâra de lumină de sub ușă mi l-a arătat fără greș. Tremurând, am pus mâna pe cuțit și am deschis ușa. Când m-a privit cu ochi halucinanți, eram în picioare, în prag. M-am apropiat de pat și, când am fost lângă ea, mi-a spus trist:

— Ce vrei să faci, Juan Pablo?

Punându-i mâna stângă în plete, i-am răspuns:

— Trebuie să te omor, María. M-ai lăsat singur.

Și, plângând, i-am înfipt cuțitul în piept. Și-a încleștat fălcile și a închis ochii, iar când am scos cuțitul șiroind de sânge și i-a deschis anevoie și s-a uitat la mine cu o privire îndurerată și umilă. O furie cotropitoare mi-a întărit cugetul şi i-am împlântat cuţitul de mai multe ori în piept şi în pântece.

Apoi am ieşit din nou pe terasă şi am coborât într-un zor nebun, de parcă diavolul ar fi pus pentru totdeauna stăpânire pe mine. Fulgerele mi-au arătat, pentru ultima oară, un peisaj care fusese al nostru.

Am gonit până la Buenos Aires. Am ajuns la patru sau cinci dimineaţa. Dintr-o cafenea am telefonat acasă la Allende, l-am trezit şi i-am spus că trebuie să-l văd neapărat, fără întârziere. Pe urmă am dat fuga pe strada Posadas. Polonezul mă aştepta în poartă. Ajungând la etajul cinci, l-am văzut pe Allende în faţa ascensorului, cu ochii nefolositori holbaţi. L-am înhăţat de un braţ şi l-am târât înăuntru. Polonezul, ca un tâmpit, a venit după mine, privindu-mă speriat. L-am dat afară. Îndată ce a ieşit, i-am strigat orbului:

— Vin de la moşie! María era amanta lui Hunter!

Faţa lui Allende a căpătat o rigiditate de mort.

— Cretinule! mi-a strigat printre dinţi, cu o ură de gheaţă.

Exasperat de neîncrederea lui, i-am strigat:

— Cretin eşti dumneata! María era şi amanta mea şi amanta multora!

Am simţit o plăcere oribilă; orbul, în picioare, părea încremenit.

— Da! am strigat. Eu te înşelam pe dumneata şi ea ne înşela pe toţi! Dar acum n-o să mai poată înşela pe nimeni! Înţelegi? Pe nimeni! Pe nimeni!

— Nesăbuitule! a scos orbul un urlet de fiară şi s-a repezit spre mine cu mâinile ca nişte gheare.

M-am ferit, şi el s-a lovit de o măsuţă. A căzut. Cu o iuţeală de necrezut s-a ridicat şi m-a urmărit prin toată încăperea, izbindu-se de scaune şi mobile, în timp ce plângea sec, fără lacrimi, strigând doar acest cuvânt: *nesăbuitule*!

Am fugit în stradă coborând pe scări, pradă urii, dispreţului şi compasiunii, după ce i-am dat un brânci servitorului care a vrut să mă oprească.

Era aproape şase când m-am predat la poliţie.

Prin ferestruica celulei am văzut cum se năştea o zi nouă, cu un cer fără nori. M-am gândit că o mulţime de bărbaţi şi de femei se vor trezi, vor mânca, vor citi ziarul şi vor pleca la slujbă, sau vor da de mâncare copiilor ori pisicii, sau vor comenta filmul de aseară.

Am simţit cum se căsca înlăuntrul meu o cavernă neagră.

XXXIX

În lunile acestea de închisoare am încercat de multe ori să interpretez ultimul cuvânt al orbului, cuvântul *nesăbuit*. O oboseală cumplită, sau poate un instinct obscur, mă împiedică de fiecare dată. Într-o zi poate că voi izbuti, şi atunci voi analiza şi motivele pe care le-a putut avea Allende pentru a se sinucide.

Măcar pot picta, deşi bănuiesc că doctorii râd în spatele meu, cum bănuiesc că au râs la proces, când am pomenit de scena cu fereastra.

N-a existat decât o fiinţă care îmi înţelegea pictura. Între timp, tablourile acestea trebuie să le întărească tot mai mult stupidul lor punct de vedere. Şi zidurile acestui infern vor fi, astfel, tot mai ermetice.

La preţul de vânzare se adaugă 2%,
reprezentând valoarea timbrului literar
ce se virează Uniunii Scriitorilor din România,
cont nr. RO44 RNCB 5101 0000 0171 0001,
B.C.R. Unirea, Bucureşti.

În colecția **Raftul Denisei** au apărut

Sara Gruen, *Apă pentru elefanți*
Niccolò Ammaniti, *Cum vrea Dumnezeu*
Zeruya Shalev, *Viața amoroasă*
Madeleine Thien, *Certitudine*
Lesley Downer, *Ultima concubină*
Irvin D. Yalom, *Minciuni pe canapea*
António Lobo Antunes, *Ordinea naturală a lucrurilor*
Jay Parini, *Ultima gară*
Yasunari Kawabata, *Vechiul oraş imperial*
Jeanette Winterson, *Sexul cireşilor*
Daniel Kehlmann, *Eu şi Kaminski*
Richard Ford, *Ziua Independenței*
Douglas Coupland, *Miss Wyoming*
Pablo Tusset, *În numele porcului*
Kate Morton, *Casa de la Riverton*
Teru Miyamoto, *Brocart de toamnă*
Amos Oz, *Rime despre viață şi moarte*
Yukio Mishima, *Zăpada de primăvară*
Steve Sem-Sandberg, *Ravensbrück*
Janice Y. K. Lee, *Profesoara de pian*
Cormac McCarthy, *Drumul*
Kurt Vonnegut, *Puşcăriaşul*
J.M. Coetzee, *Jurnalul unui an prost*
Jennifer Johnston, *Bărbatul de la gară*
Herta Müller, *Încă de pe atunci vulpea era vânătorul*
Hong Ying, *K. Arta iubirii*

Jennifer Cody Epstein, *Pictorița din Shanghai*
Chang-rae Lee, *Zbor peste Long Island*
Ismail Kadare, *Mesagerii ploii*
Eric-Emmanuel Schmitt, *Evanghelia după Pilat*
Chang-rae Lee, *Zbor peste Long Island*
Yukio Mishima, *Tumultul valurilor*
Daína Chaviano, *Insula iubirilor nesfârşite*
Amos Oz, *Să nu pronunți: noapte*
Peter Carey, *Viața mea clandestină*
Karel G. van Loon, *Fructul pasiunii*
John Updike, *Rabbit e bogat*
Joshua Ferris, *Şi atunci ne-au terminat*
Hanif Kureishi, *Am ceva să-ți spun*
Hubert Selby Jr., *Ultima ieşire spre Brooklyn*
Alonso Cueto, *Ora albastră*
Arto Paasilinna, *Anul iepurelui*
J.M. Coetzee, *Epoca de fier*
Yukio Mishima, *Confesiunile unei măşti*
Yukio Mishima, *Cai în galop*
J.M. Coetzee, *Dezonoare*
Douglas Coupland, *Tânără în comă*
Jasper Fforde, *Cazul Jane Eyre*
Julia Franck, *Femeia din amiază*
António Lobo Antunes, *Arhipelagul insomniei*
Nikos Kazantzakis, *Ultima ispită a lui Hristos*
Ismail Kadare, *Accidentul*
Stefan Merrill Block, *Povestea uitării*
Anuradha Roy, *Un atlas al dorințelor zadarnice*
Eric-Emmanuel Schmitt, *Cea mai frumoasă carte din lume*
Kate Morton, *Grădina uitată*
James Meek, *Începem coborârea*
Matilde Asensi, *Totul sub Cer*

Nicole Krauss, *Un bărbat intră în cameră*
John Updike, *Rabbit se odihneşte*
Giuseppe Tomasi di Lampedusa, *Ghepardul*
Tariq Ali, *Cartea lui Saladin*
Naghib Mahfuz, *Rhadopis din Nubia*
Ludmila Uliţkaia, *Daniel Stein, traducător*
Martin Suter, *Small World*
Yasunari Kawabata, *Lacul*
Ismail Kadare, *Cronică în piatră. Vremea nebuniei*
Jon Krakauer, *În sălbăticie*
Tash Aw, *Harta lumii nevăzute*
Nicole Krauss, *Marea casă*
Virginia Woolf, *Doamna Dalloway*
Virginia Woolf, *Valurile*
Horace McCoy, *Şi caii se împuşcă, nu-i aşa?*
Dave Eggers, *Opera sfâşietoare a unui geniu năucitor*
J.M. Coetzee, *Tinereţe*

În pregătire

Hong Ying, *Concubina din Shanghai*
Giovanni Arpino, *Parfum de femeie*

În seria de autor **Herta Müller** au apărut

Leagănul respiraţiei
Încă de pe atunci vulpea era vânătorul
Călătorie într-un picior
Omul este un mare fazan pe lume
Mereu aceeaşi nea şi mereu acelaşi neică

În seria de autor **Isabel Allende** au apărut

Casa spiritelor
Zorro
Fiica norocului
Eva Luna
Povestirile Evei Luna
Paula
Despre dragoste și umbră
Portret în sepia
Țara mea inventată
Inés a sufletului meu
Planul infinit
Suma zilelor
Insula de sub mare

În seria de autor **Eric-Emmanuel Schmitt** au apărut

Milarepa
Domnul Ibrahim și florile din Coran
Oscar și Tanti Roz
Viața mea cu Mozart
Copilul lui Noe
Secta Egoiștilor
Evanghelia după Pilat
Cea mai frumoasă carte din lume
Pe când eram o operă de artă

În seria de autor **Fernando Pessoa** au apărut

Cartea neliniștirii
Opera poetică

În seria de autor **Amos Oz** au apărut

Scene de viață campestră
Rime despre viață și moarte
Poveste despre dragoste și întuneric
Cum să lecuiești un fanatic
Odihnă desăvârșită
Cutia neagră

În seria de autor **James Joyce** au apărut

Oameni din Dublin
Portret al artistului la tinerețe

În seria de autor **T.S. Eliot** a apărut

Opere poetice: 1909-1962

În seria de autor **Ernesto Sabato** a apărut

Tunelul

În pregătire

Despre eroi și morminte

În afara colecțiilor au apărut

Mihaela Nicola, *Cu mănuși*
Matilde Asensi, *Ultimul Cato*
Vicki Myron, Bret Witter,
Dewey. Pisoiul din biblioteca unui mic oraș cucerește lumea